Paradox Live《パラドックス ライブ》
Hidden Track "MEMORY"

監修・協力

avex pictures

株式会社ジークレスト

小説

北國ばらっど

小説 JUMP j BOOKS

Paradox Live Hidden Track "MEMORY"

CONTENTS

Before
Anyone
Else.

Paradox Live

Hidden Track "MEMORY"

――幻影ライブ。

それはHIPHOP《ヒップホップ》カルチャーの生み出した、新たなるステージ表現の形。

特殊金属ファントメタルを用い、自らの感情を幻影として映し出す幻影ラッパーたちは、代償として蘇《よみがえ》るトラウマの幻影に苦しめられながらも、新時代のムーブメントを牽引《けんいん》し続けていた。


そんな中、絶大な人気を誇る四つの幻影ラッパーチームの元へと、謎めいた招待状が届いた。

始祖にして最強の幻影ラッパー〝武雷管《ぶらいかん》〟のホームたる、かつて消えたはずの伝説のクラブ、〝CLUB《クラブ》 paradox《パラドックス》〟の復活。

そこから始まった一連のライブイベント――Paradox《パラドックス》 Live《ライブ》。

絡み合う野望と陰謀、それぞれの過去と未来、そして、夢のぶつけ合い……。

数多《あまた》の想《おも》いとバイブスが交錯し、時に競い合い、時に語り合い、多くの繋《つな》がりを生んだ。

その大いなる渦の中に、朱雀野《すがさの》アレン、燕夏準《よんはじゅん》、アン・フォークナーの三人から成る新進気鋭のチーム〝BAE《ベイ》〟の姿もあった。

伝説の〝武雷管〟を超える。そして自分たちを認めなかった親を、大人たちを見返してみせる。そんな野望と復讐《ふくしゅう》心から始まったBAEの戦いもまた、対戦した他のラッパーたちとの交流から、確かな変化を重ねていった。

そして、多くの熱と涙を交わし、Paradox LiveはBAEではなく……チームcozmez《コズメズ》の優勝で決着を見た。

夢は破れたが、間違いなく、彼らは確かな〝繋がり〟を得たのだった……。

Paradox Live
Hidden Track
"MEMORY"

「――とは言え、〝負け〟には変わりないんだ。ここからは今まで以上にクオリティを上げていかないとな。夏準、アン、良いな！」

「ええ、それは同感です。でも、アレン？」

「まず、部屋の片づけからだって言ってるでしょーが！」

夏準とアンのツッコミが響く中――彼らのシェアハウスはエラいことになっていた。

Paradox Live終了後。

大会中は「まあ集中したいだろうし」と、若干大目に見られていたアレンの部屋の散らかりように、とうとうチームメイトの二人からメスが入り、大掃除が行われていた。

ところが、部屋の片づけとは〝断捨離《だんしゃり》〟が基本。

思い切って不要物を捨てるのがベストなのだが、アレンの場合、部屋のほとんどを占めるのが音響機器やレコードの山。アレンの過去への配慮もあり「なるべく捨てずに整頓しよう」という方針を決めたせいで、一度運び出した荷物がリビングを侵食していた。おかげで家中が中古ショップ状態だ。

「まったく、アレンは無秩序に物を溜《た》めこむ天才ですね。人間じゃなくてリスに生まれていたら、あちこちにドングリ埋めて忘れてそうです」

「ふふっ、リスアレンいいじゃん、可愛《かわい》い。頬袋《ほおぶくろ》似合うんじゃない？」

「おまえらな……俺をなんだと思ってるんだ？」

片づけにかかる労力の文句を、せめてアレン弄《いじ》りで発散する夏準とアン。そうでもしなければ、とてもじゃないが疲れてしまう。アレンの荷物はそういう量だった。

「しかし、本当によく溜めこみましたね。ここに越してから、それだけ経《た》っていたと思うと感慨深くはありますが」

「色々あったもんねー。Paradox Liveが始まってからは特に……アレンが油断してcozmezのKANATA《カナタ》にファントメタル取られたり、夏準がThe Cat's Whiskers《ザ・キャッツ ウィスカーズ》のコンプラ大魔王《だいまおう》にディスられて引きこもったり、夏準がメタルの侵食受けて僕とアレンで精神世界に飛びこんで助けたり……」

「思い出す内容が偏ってないか、アン」

「ボクに対して含みのあるチョイスですよね。アンの格好悪いところも思い出してあげましょうか。ノート鍋敷き事件とか」

「ちょっと、それライブ関係ないやつじゃん……って、あれ？」

ふと、クローゼットの片づけを進めていたアンの手が止まった。

「どうしました？　アレンに限って妙な動画ディスクとかは隠してないでしょうけど」

「隠してないって！　……で、どうしたんだよアン」

アンが手に持っていたのは、少し古いモデルのトラックジャケットだった。ビビッドな色合いで、いかにもストリートファッション、という作り。

それを見て、アンは目を丸くしていた。

「これ、まだ持ってたんだ？」

「まだ、って……そりゃ当たり前だろ。夏準も持ってるよな？」

「……まあ、まだまだ着られますからね。捨てるのも勿体《もったい》ないですし」

「そっか。ふーん……」

少し褪《あ》せた生地の色を見つめながら、アンは目を細めた。

本当に、色々なことがあった。Paradox Live で。そして、三人が BAE として活動する中で……辛《つら》いこともあった。泣きたい夜もあった。それでも、三人でラップをしていたから楽しかった。

「……もし、あの時、ラップに……アレンと夏準に出会ってなかったら……」

片づけの疲れもあったのだろう。懐かしげに目を閉じれば、アンの意識は思い出を巡り出す。

それは……アンにとって、全ての始まりともいえる、記憶の旅へと繋がっていった。

Paradox Live
Hidden Track
"MEMORY"

世界に嫌われたような、静かな放課後だった。

たまたま友達の誰とも予定が合わなくて、ぽっかりと時間が空いた、放課後の午後四時。

吹奏楽部のフルートの音が、ずいぶん遠くに聞こえていた。

長い髪《かみ》とスカートを揺らし、すらりと長い脚《あし》を伸ばして、白色の廊下を上履きで踏む。

薄いソールがタイルを叩《たた》いて、安っぽくて、軽い足音が響く。

頼りない足音は、誰の一歩でもそう変わらない。

アンはこの上履きが、あまり好きではなかった。制服に凝った学校は多くても、この扁《へん》平《ぺい》で子供っぽい履物は大差ない。指定制服が無く、好きな私服で——アンが自分らしくいられるスカートルックで――通えるインターナショナルスクールですら、それは同様。全ての生徒を〝子供〟という同じ型に嵌《は》めたい大人の意思が、制服よりも顕著に思えるものだった。

或《ある》いはその軽い足音が、帰る場所のない自分の足取りを、揶揄《やゆ》しているように聞こえたからかもしれない。

もちろん、家はある。

けれど十六歳のアンにとっては、そこは帰らなければならない場所ではあっても、帰りたい場所ではなかった。

だから放課後のアンに、まっすぐに帰宅するという選択肢はなかった。

でも一人で街に繰り出して潰せる時間は、意外と限られている。ウインドウショッピングは嫌いではないが、連日やれば飽きてくる。

なのでアンは、当《あ》て所《ど》もなく校内のあちこちを歩いた。

たいていは、そのまま友達のいる部活を冷やかしに覗《のぞ》いたり、図書室とか購買とか、そんなところを行ったり来たりする。そのたびに、ペタペタ鳴る上履きの足音が、「行くとこ無いんだろ」と語り掛けるようで、嫌いだった。どれほど疎んでも、家に、学校に、親に縛られている十六歳の、不自由さの音だった。

やがて暗くなったら部活終わりの友達を捕まえるか、いよいよ観念して一人で街へ行き、補導されない程度の時間に帰宅する。

家に帰る前に、メイクは完璧に落とし、エクステを外す。そうして男子らしい服に着替えたら、アンがアンでいられる短い時間はそこで終わる。

シンデレラの魔法だって、日付が変わるまでは有効だろうに。

あとは家に帰って、遅い帰りの言い訳をする。たいていは、勉強会に出ていることになっている。「もう少し早く帰ってね」だとか「ママは一人で寂しかった」とか、そんな台詞《せりふ》の中で、消えない頭痛が過ぎるのを待つようにやりすごす。

それが、アンにとっての毎日だ。

どれほどうんざりしても、結局は母と息子《むすこ》であることを捨てられない。それが十六歳のアンのリアルだった。

「……つまんないの」

呟《つぶや》きは、階段を上る足音にはじけて消えた。

日が沈む時間の憂鬱さはいつも同じだが、その日は特にアンの気持ちが落ちこんでいた。たぶん昨晩見た、忌々《いまいま》しい夢のせいだった。

だからだろうか。その日のアンの足取りは、用もなければ意味もなく、普段は訪れない上級生のフロアまで延びていた。

休憩スポットがあるわけでもなく、残っている生徒も少ない。

そのまま歩いても、廊下は突き当たりになる。そこらで引き返して、購買にでも行って飲み物を買おうかな、なんて考えていたところ、何かが聞こえた気がした。

「……誰か、歌ってる？」

自分の耳を頼りに、その音の方へ向かって歩く。一つの教室から漏れてきたそれは、確かに誰かの歌だった。

けれどそれは、合唱コンクールで聴くような物とは、はっきりと違っていた。

それを表すために、今の時代には的確な言葉があった。

「いや……ラップかな」

そう言えば、聞いたことがあった。アンの一つ上の学年に、二人だけでHIPHOP活動をしている先輩がいると。

確かに、HIPHOPは流行《はや》っている。幻影ライブの迫力に魅せられて、ラッパーの真似《まね》事《ごと》をしたり、それと共に広まったニューウェイブのB系ファッションに染まっている同級生もいた。だが、アンはあまり興味がなかった。

だからまぁ、噂《うわさ》の先輩たちもそんなものだろうとは思ったが、アンにとっては都合が良かった。仲良くなれば、放課後の暇つぶしにはなるかもしれない。

そういう軽い気持ちで、アンは扉についた小窓から、教室の中を覗きこんだ。

二人の学生が、向かい合って交互に歌っていた。どうやらスマホを繋いで音楽を流し、教室をスタジオ代わりにしているらしい。

なんだか涙ぐましい努力だな、と少し笑いながら、アンは「こんにちは、僕も交ぜてもらっていい？」なんて軽く声をかけるつもりで、扉を開いた。

そして、

「――あ」


熱が、アンを出迎えた。

それは歌唱と言うより振動。

刺々《とげとげ》しいほどの生の感情。

くっきりと響くリズムに、エゴイズムを乗せて韻を踏む。

野性的な衝動を、理性的にパックして、叩きつけるような声の奔流が、胸を震わせて熱くする。

歌と呼ぶにはより強く、主張を叩きつけるような、弾丸のような声の嵐。

壁越しに聞こえてきていた二人の音が、隔てる物なくクリアになって、アンの体に流れこんでいく。

強烈な印象を残すフレーズを〝パンチライン〟と呼ぶことを、アンはまだ知らない。けれど確かに、殴りつけられたような衝撃があった。脳を揺らされ、耳を叩かれ、胸を焦がすフレーズが響いていた。

技術的には、プロと比べるべくもないのだろう。

教室にスマホ音源、音響が良いわけもない。

けれどそこにあった熱は……あまりにも赤裸々に、〝俺たちはここにいる〟と叫んでいるようで。世界に向けて、喉《のど》が枯れるほど、堂々と叫んでいるようで。

そんな熱が満ちた教室で、窓から射《さ》した夕日の色は、眩《まぶ》しかった。

たぶん泣きそうなほどに、眩しかった。

「……えっと、誰？」

声をかけられて、いつの間にか音楽もラップも、止まっていたことに気がついた。二人いた生徒のうち、ツンツンとした髪の男子――アレン――が困ったように、サラサラ髪の男子――夏準――が目を細めて、アンを見つめていた。

夢中で音に向き合っていたのだろう。微《かす》かに息が上がり、汗が滲《にじ》んでいる。二人の響かせた空気の名残が、まだ部屋の中に残っていて、そこを通った紅《あか》い日差しが、ライトのようにアンを照らしていた。

歓迎されているとは感じなかった。

けれど、先ほどまでのラップを紡いでいたのと同じ声で「誰？」と問われれば、自分が誰であるか、何であるか、素直に言ってもいいのだと、そう感じられた。

だから、答えた。

「――アン。僕は、アン・フォークナー」

男子とか、女子とか、何歳だとか、何組だとか。その瞬間、その名乗りに、余計なものは必要なかった。

とにかく、そんな形で三人は、初めて顔を合わせた。

いずれ〝BAE〟と名乗るのはまだまだ先の、二人と一人。

夕日の教室での、遭遇だった。

Paradox Live
Hidden Track
"MEMORY"

そのころ、放課後の教室でラップの練習をするのは、アレンと夏準の日課になっていた。

最初はアレン一人でやっていたことだが、ある時から夏準が加わった。いや、ある意味ではアレンが引きこんだと言えた。

隠して蒐集《しゅうしゅう》していたHIPHOPのレコードを両親に燃やされ、アレンが夏準の元へ転がりこんで以来、夏準が〝アレンのラップ〟に興味を抱いてから、この関係は続いている。

最初のころは物珍しさで、同級生が見学に来たりもしたが、やがてそういうことも減っていった。結局、放課後の練習時間は、アレンと夏準の閉じた世界になっていた。

なので、見たこともない下級生がやってきて、やたら明け透けなノリで絡んできたのには、アレンは正直面くらった。

とはいえ、その下級生、アン・フォークナーと名乗るその青年は、数日経つころには、すっかり放課後の時間に馴染《なじ》んでいた。

物おじしなくて、単純にコミュ力が高い。

処世術として、柔らかい人当たりを作る夏準とはまた違う。

なんだか飄々《ひょうひょう》として、堂々として、でも嫌味じゃない態度。春の桜のように柔らかな見た目で、秋の日のようなカラっとした空気を纏《まと》う。友達の少ないアレンとしては正直、見習いたい部分が多い。

けれど、そんなアンを初めて見た時、夕日の中で感じた妙に濃く映る〝影〟が、アレンはどうも気になっていた。

その日も練習用のトラックが一区切りを刻み、休憩に入ると、アンはチョコ菓子を一本つまんで、タクトのように振りながら口を開いた。

「でもさ、教室で練習するのってどうなの？　やっぱスタジオとか使えたほうが良いんじゃない？」

「いや、そうでもないよ」

アンの問いかけに、アレンが答えた。

「ここには俺たちの日常があるから、そういう意味ではインスピレーション湧きやすいし、黒板が使えるのは意外とありがたい。試しにフレーズを書いて消して、がしやすいし、夏準と二人で見て共有もできるしな」

「へー、それは言えてるかも」

「あと、いちいちカラオケ使うのはあんまり経済的じゃないだろ？」

「どっちかの家に集まって練習、とかはしないんだ？」

「……俺、今は夏準の家に世話になってるからな」

「ふうん？」

首をかしげるアンと、夏準の目があった。

「家でやると、アレンがリリックを書いた紙くずを散らかしますから」

「はぁ」

アンの気の抜けた相槌《あいづち》に、夏準は訴えのように続けた。

「それに練習の切れ目がなくなりがちで、たまに夕飯を抜くことになって――ボクが朝から準備していたタッカンマリ……鍋料理ですね。それが結局、翌朝のクッパになってしまったこともありましたね。全部アレンの自腹で材料買いなおして貰《もら》いましたけど」

そりゃ気の毒に、という視線を向けるアンに、アレンは気まずそうに頰を掻《か》いた。

「つまり、そういうことで……区切りって言うか、練習時間にメリハリをつけるために、家の外に練習場所を設けてる、ってわけなんだ」

「アレンはラップ中毒なの？」

「HIPHOPバカなんですよ」

「あー、しっくりくる」

「お、おまえらな……」

引きつりながらも、アレンは夏準の態度に、少しホッとしていた。

最初、一見女子に見えるアンに対し、夏準は〝妙にいい笑顔〟で対応していた。それはよくない兆候だと、アレンは思っていた。

夏準はもともと猫被《かぶ》りだ。アレンの知る素顔の夏準は、陰険でドSで性格が悪い。まして外ヅラでも素顔でも、物腰だけは柔らかいからタチが悪い。

その割に、学内では営業スマイルを振りまいて〝微笑《ほほえ》みの貴公子〟なんて呼ばれているのだ。処世術だと言うが、おかげで女子のおっかけが絶えない。

かつて、夏準のおっかけの女子同士が、派手にケンカを始めてしまったことがある。ところが夏準は、それぞれの女子に一言ずつ耳打ちするだけで、あっという間に事態を収めてしまった。不思議に思ったアレンは何を言ったのか尋ねてみたが、夏準はただ笑顔で口元に指を立てるだけ。アレンはそれが、逆に恐ろしかったのをよく覚えている。ただ、アレンの記憶が確かなら「ドミノって上手に倒れると気分いいですよね」とか言っていた。

アレンは夏準のことを信頼しているが、そういう面は本当に怖いと思う。

夏準がアンに気さくに接していたのは、たまたまアレンがアンを男子だと見抜いたためだったりする。

別に詮索したわけではない。ただアンの纏う〝影〟が気になってじっと見ていたら、雰囲気とか体つきで気づいただけだ。だからどうとは、アレンは思わなかった。

ただ、アンはそうと分かった時に、妙に嬉《うれ》しそうだったたし、夏準はそんなアンにちょっと感心していた。自分らしいと思えばそのファッションを選ぶ性格が、夏準にとっても好感触だったらしい。

そういう理由で、アンはアレンにとっても夏準にとっても悪い印象がない、良い後輩だったわけだ。

「でもさ、二人の練習を見るようになって、何日か経つけど……」

椅子《いす》に逆向きに座り、背もたれに腕《うで》を置きながら、アンが言う。

「ラップバトルだっけ。ラップのステージって、そうやって競うものなの?」

「いや、こういうのはあくまで一形式だよ」

アレンが答えた。

「まあ……フリースタイルのＭＣバトルはアンサー返し合うから、語彙《ごい》のレパートリー広げる訓練にもなるんだよ。二人いるからこそできる練習ってことでやってる。でも確かにライブハウスとかクラブで開かれる大会は、バトル形式ってイメージあるよな」

「うん、そういうイメージ」

「けど、これはあくまで一側面で、じっくり腰《こし》据えて用意してきたリリックでライブやるのも当たり前だし、それこそ幻影ライブはそうだろ？」

「だろ？　って言われてもそこまで詳しくないけどね、僕」

「ああ、そうだよな。まあつまり、キャッチボールみたいな感覚で、俺たちは練習に取り入れている。練習法がこればっか、ってワケじゃないんだけど、実践的だから」

なんとなく分かったようで、アンは頷《うなず》く。

それを機に、アレンの口がいっそう回り出す。

「そもそも音楽を誰かと楽しむ、って文化がなかった時代から、静かなサイファーブームってのはあったし、フリースタイルによるラップバトル自体は今の幻影ライブムーブメントのルーツみたいなもんだよ。オールドスクールなラッパーから見ると邪道、って言われてた時代もあったらしいけどさ」

「……ええっと、そうなんだ？」

アンが首をかしげる。

「アレン。アンがキョトンとしてきていますよ」

「あ」

自分の世界に入りかけていたアレンも、夏準の言葉で視界を取り戻した。アンときたら、完全について来れていない顔だった。

「あー、悪いなアン。ちょっと夢中になっちゃって」

「いーよ、助かる。ていうかさ、僕もちょっと見学してる割には知らないこと多いしね。良かったら色々教えてよ、ラップのこと」

アレンは嬉しそうに頷いて、夏準は不安そうな顔をした。アンにはその理由が数秒後まで分からなかった。

「えっと、じゃあどこから話すかな……アンはどのくらい知ってる？　ラップ」

「どのくらい、ってゆーか、HIPHOPとラップの違いって何？」

後にも先にも、夏準がそこまで露骨に「ヤバいこと口走りましたね」という顔をしたのは、この瞬間を置いて他に無かった、とアンは思う。

「あー……なるほど、そこからかー……」

「……や、別に困る質問だったらいーんだけど」

片腕で自分の体を抱くようにして、もう片方の手でこめかみをトントン叩くアレンの姿を見たあたりで、アンもようやく「まずいこと聞いたかな」という気持ちになった。だがもう遅い。

「まず、なんていうのかなー……HIPHOPはさ、生き方だと俺は思ってる」

「うん……？」

アンは不安になった。

「で、ラップっていうのは、HIPHOPで生きるヤツの叫びだ」

「んー？　うん。うん？」

アンはもうヤバいと思った。

「どこから説明したら良いかな……。一番話したいのは幻影ライブだけど、そこに至る下地があるし。あーでも、そうだな、まずHIPHOPの四大要素、これはさすがに必須だろ」「そうなの？」「そう。つまりＤＪ、ＭＣ、ブレイクダンス、グラフィティ。あとからそこに知識が追加されて五大要素になるわけだけど、この中のＭＣってのが今はいわゆるラッパーなんだ」「はぁ」「つまりラップってのはHIPHOP表現の手段の一つで、それがさらに進化を遂げたのが——そう。幻影ライブ！」「うわびっくりした！　急に大声」「俺は先の五大要素に幻影が追加されて、今は六大要素だって思ってるし、実際そう表現したラッパーもいてさ！　HIPHOPってのはそうやって進化の歴史が厚いジャンルだから、それを先に進めた幻影ライブって、マジで歴史を刻むムーブメントなんだよ！」「うわ、ちょ、顔近いって」「さすがに武雷管は知ってるよな？　知らない？　ＭＣ夜叉《やしゃ》とＭＣ修《しゅ》羅《ら》、二人の伝説的ラッパーが幻影ライブの存在と共にHIPHOPを世界に広めて、音楽って文化そのものを進化させたんだ。まあこの二人はなぜかその後急に消えちまって、でも今は武雷管が起こした巨大なムーブメントの波が収まることなく世界中に広がり続けてる。武雷管に何があったのかは知らないけど、ともかく幻影ライブってものが音楽を一つ上の段階へ進化させたのは確かだよな。俺、最初生で幻影ライブ見た時もうヤバくてさ。さすがに武雷管のじゃないけど……いやほんと、耳だけじゃなくて目から音楽性《ミュージカリティ》が飛びこんでくる感じ？　バイブスの浸透圧が高くてガーンッ！　てさ！　それが耳だけで感じるよりすごいんだよ。より直接的に世界観を伝えられることで、トラックだけじゃなく幻影から立体的にリリックとの化学反応が起こせるようになって、表現の幅は圧倒的に広がったんだ！　幻影ライブはラップの発展だと思われがちだけど、あれってつまりMCにグラフィティの要素をミックスした上で進化したステージ表現でさ、アンも興味あるなら一回生《なま》ライブ見といたほうが良い、マジで！　ここ割と近い会場でフェスやるからアクセス楽だし。あ、これ豆知識なんだけど駅裏のカラオケの店長が幻影ライブフリークで、よくフェスとか近場のハコのフライヤー置いてるから要チェックな！　もちろん生じゃなくてもスゴさ伝わってくるチームはあってXXXX《クアドラエックス》とかはもう解散しちゃったチームなんだけど、全然映像でもヤバい！　できれば解散前にライブ行ってみたかったなぁ。まあでも俺はXXXXのことリスペクトしてるけど音楽性は違うと思うし、ラップやるからには結局いつかはあの人たちも、そして行く行くは始祖である武雷管を超えるってのが――」

「——アレン？」

　夏準の笑顔が眩しかった。

　アレンはその表情が、睨《にら》まれるよりよほど怖いことを知っていた。ので、何か言われる前に身構えようと思ったが、

「そうやって言いたいことが散らかるから、始めたばかりのボクにMCバトル負け越すんですよ」

「うおぉ……」

　夏準の言葉が形をもって刺さったかのように、アレンは膝《ひざ》から崩れ落ちた。積み木を下から叩いたような、見事な崩れ方だった。

「……アレンのほうが夏準に教える側なんだよね。負けたの？」

　アレンを心配そうに見ながら、アンはひそひそと夏準に耳打ちする。

「ええ、アレンはこの通り筋金入りのHIPHOPバカなんですけどね。今聞いた通り、口も回るし、技術はボクよりずっと上。フリースタイル自体はむしろ得意なんです。今言ったことが負けの原因では、決してありませんよ」

「じゃあどうして夏準が勝てるの？」

「即興のディス《悪口》が苦手なんですよ、彼。HIPHOPが好きすぎて、たまに相手に同意しちゃいますから」

「それは……なんか、すごく分かる」

あと、夏準がディスが得意そうなのも——とまでは、アンは口に出さなかった。

Paradox Live
Hidden Track
"MEMORY"

「——つまり簡単に言うとHIPHOPはファッションやダンスなど、大きなくくりとしてのアートジャンルで、ラップはその中にある歌唱法というわけです」

「すご。夏準わかりやすーい」

アンの声に、アレンの肩《かた》がびくっと動いた。もう五分ほど夏準の言いつけで大人しくしている。子犬が「待て」をされている様子によく似ていて、正直可愛く見えてしまうので、アンは笑わないように視線を外していた。

「でもほんと夏準説明上手だね。ラップ始めてまだ一年くらいなんでしょ？」

「アレンの言う事をかみ砕くために、自分で調べましたからね。HIPHOP史の講師になれそうですよ」

「ファッションのジャンルもHIPHOPの一部だとか知らなかったし。B系ってこと？」

「そう呼ばれますね、一般的には。これは元々サイズの合った服を買えなかった、経済的に苦しいラッパーたちのファッションを、HIPHOPの広がりとともに取り入れた服装だそうです」

「へー、だからオーバーサイズなんだ」

「現実には、このファッションを好む人の多くは、ラップに精通しているわけではないようですけど」

「あ、でも分かるかも。ラッパーの人たちのファッションって、そんなコテコテじゃないっていうか、スマートなストリート系だよね」

「特に幻影ラッパーはステージ映えが大事ですからね。常に現代シーンに適応できるように、衣装に対する意識も高く持つ必要はあるそうです」

「なるほど。どんな人から出た言葉か、って大事だもんね」

服のことになると、アンも幾分か話を呑《の》みこみやすかった。ステージに立つのだから、自分をよく見せるために着飾るのは当然。それはアンにとって、自分を表現するのに一番わかりやすい形で、しっくり来た。

「アレンと夏準もやっぱ、その辺こだわってんの？」

「俺はあんまり」

「ボクも、現時点ではそれほど」

「えっ、なんで？」

かと思えば、話が繋がらなくて、アンは目を丸くした。視線を向けると、夏準が肩をすくめていて、何か事情がありそうに見えた。

「ボク一人着飾っても、アレンと釣り合わないとバランス悪いですから」

「へ？」

アンは気が抜けたような顔で、気まずそうなアレンを見る。

「じゃあアレンはなんで服に拘《こだわ》らないの？　せっかく顔良いのに、もったいなくない？」

「……言っただろ。今、夏準の家に世話になってるから」

「服買うお金ないってこと？」

「違いますよアン。アレンだって放課後はバイトもしてますし、たまにライブハウスのイベントで賞金も手に入ります」

「え、じゃあなんで」

「アレンは使えるお金があると、衣食住よりレコードや機材に回してしまうんですよ」

「HIPHOPバカじゃん！」

「HIPHOPバカでしょう？」

二人の視線が痛くて、アレンは「ぐぬぬ」と眉《まゆ》を顰《ひそ》める。

「い、良いんだよ。今は見栄えのする服より、音源のほうが大事だから。集めていた機材やレコードは今……ちょっと、持ってきてないし。……とにかく一番重要なのは良い音に熱いリリックを乗せることだろ！」

「幻影ライブの説明してる時と言ってること違くない？　耳だけじゃなく目でも感じるステージなんでしょ？」

アンはようやく、夏準の言う〝HIPHOPバカ〟という言葉の意味を理解した気がして、すっかり呆《あき》れ気味だった。

「いや、違うって。今は、音源優先して揃《そろ》える必要があるんだよ」

アレンは少しむくれながら、鞄《かばん》を漁《あさ》り、一枚のフライヤーを取り出し、見せた。

黒地の紙に、極彩色のポップでアーティスティックな文字が躍る。ああ、これがグラフィティという要素か、とアンはなんとなく理解しながら、一番大きな文字を、ついネイティブな発音で読み上げて、それから言い直す。

「Dig Da Groove……ディグダグルーヴ？」

「そう。屋外フェス形式の大型ライブイベントだ」

「それも、幻影抜きの——ですよね」

夏準が、アレンの言葉に続く。

「レコード会社のスポンサーがついた大きな大会ですよ。幻影ライブブーム以後、あちこちの地方を回っては散発的に開催され、有望なラッパーが次々メジャーシーンデビューへの足掛かりにしています。幻影ライブでなく単純な楽曲オンリーなのは、才能を発掘するための側面が大きいようです。新参者の登竜門でしょうね」

「……もしかして、二人もそれに出るの？」

アレンと夏準が、ほとんど同時に頷く。

それは、単純にそういう取り決めを交わしているというより、それぞれが明確な意志をもって、挑戦しようとしている姿勢の表れだろう。

けれどこういう時、冷静で、少しシニカルな視点から付け加えるのが、夏準だ。

「まあ、近場のイベントや大会で、最近実績を出しているラッパーにはインビテーションが届くんですが。ボクらは抽選枠での参加ですけどね。応募チームに辞退が出たので、プログラムの穴を埋める補欠ですよ」

「いやいや、補欠でもスゴいんじゃないの？」

「一応、ボクとアレンは、クラブの開催したラップバトルイベントで結果を出しているんですよ。……あれは高校生オンリーの大会ですがね。今回は社会人のセミプロクラスが参加してくるようなイベントだからでしょう。홀때를 받따（はっきり言ってナメられている）」

「構うもんか」

ぱしん、と乾いた音。アレンが拳《こぶし》を掌《てのひら》に叩きつけ、低く唸《うな》る。

「抽選でも、摑《つか》んだチャンスだ。この舞台で、音で、〝俺たち〟を証明してやればいい」

そう宣言するアレンに、アンは少し気圧《けお》された。

先ほどまでの弱々しさはない。

陽炎《かげろう》を纏うような、揺らめく熱が、アレンの瞳に宿っている。涼しげに見える、夏準の細めた目の奥にも、静かに滾《たぎ》る光がある。

それは〝本気〟の人間だけが宿す輝き。

初めてこの教室を訪れたアンが目にした、眩しさの正体だ。

「……二人はさ。どうして、ラップやってるの？」

「決まっている」

「決まっています」

答えは、ほとんど同時だった。

「俺の音楽で、世界に俺を証明する」

「誰が一番なのか、この世界に教えてあげるんですよ」

声に、迷いはない。

それは自信を超えた領域の宣言。確固たる意志の表れ。

その決意が声に乗り、アンの耳に届く。——声は空気の振動《バイブス》。その空間そのものを震わせて、世界を、そこにいる者を揺らす。

振動が、アンを揺らす。

夕方の教室、斜陽を背負って立つ二人の姿が、アンにはずいぶんと大きく見える。

「……ラップなら、それができる？」

「できる」

アンの問いに、アレンが頷く。

そして、射しこんだ太陽の光に、手をかざす。長く伸びたアレンの影が、味気ないタイルの上を跨《また》いで、スクリーンのように壁に焼き付く。

「ラップは、HIPHOPは元々、影から生まれたアートだったと、俺は思っている」

「影？」

「そうだ。ゲットー、ギャング、弾圧、抗争。クソッタレな世界に、苦しみに抗《あらが》うための暴力のエネルギーが、やがて形を変えて音楽になった。街角で繰り返すケンカを、ダンスやアートに変えて、それがディスコに持ちこまれてラップを生んで、今は世界に溢《あふ》れてる」

「……けっこう、ネガティブな背景があるんだね」

「ああ。でもネガティブな根があるからこそ、魅力もあると俺は思う。……俺たちをとりまく世界。世間の視線。大人の声。それは、たぶん強い光だ」

「……光」

「そう。でも暖かな物じゃない。肌を焼いて、目を潰す。攻撃的なクセに、我が物顔で高いところから降り注ぐ、景色が白むほどの、炎のような光」

アンは顔を上げる。街の輪郭すらも溶けそうな夕日が、射しこんで、目の奥が痛んで、思わず瞼《まぶた》を強張《こわば》らせる。

「その光が――」

アレンがその視線を誘導するように、手を振り上げる。

「――俺の体を通して、映し出す、黒く濃い影の形。うっとうしい、うんざりする、そんな世界の中だからこそ浮かび上がる、俺自身の音の形。それがたぶん、ラップなんだ」

くっきりと映りこんだアレンの影が、アレン以上に大きく見える。

影。――幻影。

ぼんやりとしていた単語が、アンの中で形をもっていく。

「……っし、なんかアガってきた。再開しよう、夏準」

「良いですね。ボクも今日は、もうちょっといけそうです」

夏準がペットボトルのミネラルウォーターを一口呷《あお》って、アレンに手渡す。アレンもまた、それで喉を潤す。それは単に回し飲みしているというのではなく――なんだか、喉を、同じ音を共有するという、決意の表れのようにも見える。

アレンの指がスマホを操作し、トラックを流す。

世界を刻むように踊るスネアドラムの音。リズムが跳ねる。HIPHOP。そう名付けられた意味を示すような弾む音色。

「HOUSE寄りの高BPM……夏準、ノれるよな？」

「良いですね、今の気分です」

「だろ」

大会形式のバトルみたいにジャンケンはしない。入れると思ったほうから、ビートに飛びこんでいく。今は、まずアレンから。

トラックが耳から沁《し》みこんで、脳みそに振動が届いたら、声にして出力する。焦ってはならない。まずちゃんと〝聴く〟。そして声を音に〝乗せる〟。

そうすれば、劈《つんざ》くような力強い声も、トラックと踊る。

下腹から放つ、叫ぶような歌い回し《フロウ》。韻《ライム》より先にまず曲と対話して、乗りこなし、捻《ね》じ伏せる。

多少強引なフロウでも、聴いてみれば「それ以外の答えはない」と思える。声に確かな力があるから、〝自分〟を表現している。

トラックとフロウが馴染んだ手ごたえを感じたら、手癖で韻を踏む。アレンの中に韻を踏む感覚が根付いていて、しりとりのように、前に歌ったフレーズの母音を拾って繋げれば、自然とラップになる。テクニカルより、ナチュラルに作っていく。

やがて夏準に交替する。

一転、メロディの輪郭を優しく撫《な》でるような、セクシーなニュアンス。アレンとはまた違う解釈で、声を奏でる。語尾で軽く吐息を抜き、囁《ささや》くように耳を愛《め》でる。

甘いチョコレートのような声の中に、隠した毒が溶けだすようなワードチョイス。それが織りなす、チクチクとしたバイブスが心地いい。

浸りたくなる、夢に誘《いざな》うようなリリックに、落とし穴のように意地悪なディス。鋭い棘《とげ》を持つバラのような夏準の韻《ライム》。懐いてくれない猫のように切ないフロウ。

時折、日本語と英語と韓国語《かんこくご》を器用に選択して、リズムに適切な言葉を選んで組み立てる。それもまた、夏準のラップ。

二人の音は違う。二人の声は違う。ぶつかり合う。譲らない、各々の哲学。

それでもなぜか、似た色の振動《バイブス》が教室の空気を震わせる。

交互に繰り返すラップバトルが、交替の一瞬、パート分けされた一つの曲に溶け合うような時がある。そうなる瞬間が、アンは好きだ。

あと一つ、何かが〝間〟を繋げばきっと完成する。そんな期待感。

アレンは、HIPHOPを影のアートだと言った。

クソッタレな世界を暴力的に壊すより、滲み出たネガティブな物を使って創造へと昇華する。そういうアートだとアンに言った。

もうビルの向こうへ顔を隠す、赤い夕陽《ゆうひ》が断末魔のように、ひと際強い光を射して、声を張り上げる二人を照らす。そんな二人の影が教室の壁で、一幕の影絵劇のように踊り続ける。幻影。その二文字がアンの脳裏をよぎる。

きっと藻掻《もが》いているんだ、と思った。叫んで、藻掻いて、その藻掻き方がどれだけカッコいいか。もしかしたら、それがHIPHOPなのかもしれない。

アンはこの時間が好きだ。二人のバイブスが高まっていく、世界の中に浸るのが好きだ。自分たちはここにいる。この世界の中に確かに在る。そう叫ぶような青く若い言葉の応酬が、たまらなく好きだ。

好きで、好きで、愛《いと》しくて。胸がいっぱいになって、苦しくなる。

そしてなぜだか、ある瞬間に、急に泣きたくなるのだ。

Paradox Live
Hidden Track
"MEMORY"

「まったく。進路希望調査、あれほど早く出せと言っておいたのに……本当、HIPHOPのこと以外はしょうがないですね、アレンは」

「あはは。否定できない」

すっかり暗くなった生徒玄関で、夏準とアンは、職員室へ向かったアレンを二人で待っていた。

もうこの時間になると残っている生徒も少なくて、二人のラップがなくなった校舎は、眠りについたように静かだった。

いや、それだけではない。放課後は、アレンと夏準がすでに練習を始めているところへアンがやってくる、というパターンが主だったので、夏準と二人きりになるのは、アンにとっては実は珍しいことだった。だから、二人きりでする話というのが、それほど無かった。

アレンも夏準も、普段揃っている時は互いに会話があるので、そこに挟まる形でアンも会話に加わっている。けれど一人の時は……どこか、外の世界に対して身構えるような、殻を被っている。

たぶん、一言二言話す程度の関係では気づかない。

ラッパーとしてのアレンと夏準を知った、アンだからこそ分かる、歪《いびつ》さ。

きっと二人とも、ラップを通して出会っていなければ、あんな風に軽口を叩きあうような関係にはなっていなかった……そういう確信が、アンにはあった。

「夏準はさぁ……どうしてラップやろうと思ったの？　アレンと」

「何ですか、藪《やぶ》から棒に」

「ちょっと気になってさ。話したくないなら、良いんだけど」

いつもの夏準なら、軽く流してはぐらかしていた。けれど、日の落ちた生徒玄関の、互いの表情すら見えない暗闇の中だからだろうか。答える気分だった。

「アレンって、コミュニケーション下手《へた》でしょう」

「そだね」

本人はそのころ、クシャミでもしていたかもしれない。

「目つきが悪くて、愛想がなくて。かと思えば、好きな物のことになると見境がなくなる。面倒ですよね。正直喋《しゃべ》りたいタイプじゃありませんでした」

「言うねー、本人のいないとこで」

「いたとしても言いますけどね。でも……」

一呼吸。少しだけ照れ臭い気持ちを、夏準は、今は胸の奥へしまいこむ。

「彼のラップは、〝いいな〟と思ったんです」

アンは、目の動きだけで視線を夏準に向けた。表情は、見えなかった。

「一年前後、アレンとHIPHOPに関わって少しは理解しました。アンにとってのその恰《かっ》好《こう》と、HIPHOPは、たぶん同じものです」

「僕の恰好?」

アンは軽くスカートをつまむ。アレンには「男でもびっくりするから」なんて、ちょっと窘《たしな》められる仕草。

「ええ。〝堂々と自分を示す〟アウトプットの手段。あんな口下手の、コミュニケーション不全の不器用な人でも、ラップで語ればあんなにも、如実に〝自分〟を伝えられる。面白いでしょう?　だから――」

暗い天井を見上げながら、夏準はアンに見えないように、少し笑った。

「――そういうのも〝あり〟か、と。そう思ったまでです」

そんな夏準を見て、アンは長いまつ毛をぱちぱちと瞬《まばた》かせた。

「……アレンにもそう言ったの？」

「言うわけないでしょう」

夏準が嘘《うそ》をつく時の声音を、アンはまだ聴き分けられなかった。

「あっは。夏準もけっこうめんどくさいよ」

「アン。ボクが優しくないのは、アレンにだけではないんですよ？」

「うわ、怖い」

威嚇するような笑顔を向けてくる夏準から隠れるように、アンは身を縮める。くすくすと笑う口元を、両手で覆って、

「……堂々と、か」

苦々しく歪《ゆが》む口元を挟み潰すように、アンの呟きは、掌の間に消えた。

Paradox Live
Hidden Track
"MEMORY"

「――本当に良かったのかよ、アン」

「別にボクは自分で買えるんですけどね」

土曜日。アレンと夏準は唐突にアンに呼び出され、一日中ショップを連れまわされ、着せ替え人形にされた。

何かと思えば、アンからの、二人へのステージ衣装のプレゼントだという。アンなりに学んだ、現代HIPHOPの流行から、センスを活《い》かして選んだものだ。

アレンには、ビビッドな色合いを取り入れた王道なストリートファッション。HIPHOPらしさを背景に、今らしく、それでいて存在感を主張する。

夏準には、ラグジュアリーな印象をメインにしつつ、ややユニセックスなコーデ。夏準自身の上品なセクシーさが際立つように。

「餞別《せんべつ》。日曜……明日でしょ？　例の、Dig Da Groove。だからさぁ」

アンは頬を掻いて、曖昧な笑顔を向ける。

「ずーっと二人のラップ聴いてて、いてもたってても居られなくなったんだよ。衣装だって、ステージ演出の一種でしょ。僕にも一枚噛《か》ませてよ。スタイリスト的な？」

「だからって、これ安いもんじゃないだろ」

「いや安いよ。アウトレットからのチョイスだし」

「でもさぁ」

「あと僕、アレンよりずっと資金力ある。短期バイトもやってたし」

「うう……」

「アン、あまりアレンをいじめてはいけませんよ」

「夏準それ笑わせに来てるでしょ」

アレンは呻《うめ》き、アンと夏準は笑った。そして、アンがその先を続けた。

「せめてさ、僕の選んだ衣装くらいは、ステージに連れて行ってよ。そしたら一番近い場所で、二人のバイブスが響くから」

「アン……」

アレンはしばし、商品の入った紙袋を握りしめて、それから再び口を開いた。

「昨日、アンにも聴かせたろ。大会用の曲。あれ、どう思った？」

「ん、格好良かったよ」

そう答えてから、アレンと夏準に視線をぶつけられて、アンはすぐに観念した。言葉を濁すのは、らしくなかった。

「格好良かったのはほんと。でもやっぱりちょっと、ギザギザしてた。纏まってないっていうか、コーデで言えばトップスとボトムスがケンカしてる感じ」

「はっきり言いますね」

夏準が呆れたように、しかし、納得したように肩をすくめる。アレンも、分かっていたと言わんばかりに落ち着いた様子で口を開く。

「トラックは良いものになってると思う。俺のフロウも夏準のフロウも、あの曲なら映えると思う。でも」

「ボクとアレンがチームとして使うと、テーマが今一つ纏まらない……ですよね」

「うん、たぶん僕以外の人が聴いても、そう思う」

お世辞や気休めは、なんの意味もないと、アンは分かっていた。けれどそれでも、訊《き》かずにはいられなかった。

「あの曲で、出るんだよね。Dig Da Groove」

「ああ」

アレンが真っ先に頷く。

「これから一晩詰めても、たぶんブラッシュアップしきれない。未完成もいいとこ。それでも無難に纏まるより、あれが俺と夏準の全力になると思う」

「まあ、確かにチームの曲としては60点止まりかもしれません。けれどボクとアレン、それぞれの100点を出せばいい話ですから」

「言うじゃん」

アンは笑った。不安がなくなったわけではない。それでも、挑まずにはいられない――俺たちがいる、と叫ばずにはいられない、アレンと夏準の姿を否定できなかった。

「僕も。見に行くからね。そういえば、チーム名なんだっけ」

尋ねると、アレンと夏準は一度視線を交わして、それから同時に答えた。

「『Furthermore《もっと先へ》』」

「いいね。行っちゃえ、ずっと先へ」

その名は、二人の宣言のように、アンの耳には聞こえた。

どこか高く、遠くから響いてくる声のように、そう聞こえた。

Paradox Live
Hidden Track
"MEMORY"

世界に嫌われたような、静かな夜だった。

「……ふう」

門限にはギリギリの時間。

アレンと、夏準と別れて、アンは公園の男子トイレにいた。

駅のトイレではいけない。男子トイレで着替えても女子トイレで着替えても、目につけば妙な騒ぎを呼ぶ。噂になってしまうのが一番よくない。誰かの耳に伝播《でんぱ》する。

淀《よど》んだトイレの空気の中で深呼吸はしたくない。が、それでも深く息を吐いてしまうのは、意思とは関係ない。そうしないと、胸が苦しくて潰れそうだった。

着慣れた女物の服を、丁寧に脱いでいく。

男物より一回りタイトなシャツを。脚が綺麗《きれい》に見えるように丈を詰めたスカートを。ヒールの高いブーツを。インナーカラーも兼ねたエクステを。

一つ、一つ、外すたびに、アンが欠けていく。ジグソーパズルをバラすのに、よく似ている。鮮やかなピースを外したら、残るのは絵のない下地だけ。

ロッカーに預けていたボストンバッグから、代わりの服を取り出して着替えた。

サイズが合わないわけではない。けれど細いアンの体には、少しブカブカに感じる太めのスラックス。テーパードなら少しは良いんだけど、なんて呟きながらベルトを締めて、シャツのボタンを留めて、ジャケットを羽織って、バッグにスカートなどを詰めた。

個室から出ると、手洗い場のミラーが出迎えた。

無機質で白い、電灯の光の下、アンだったものの姿が映る。

短い髪。男子の服。メイクだけが残っていて、なんだか、酷《ひど》く浮いている。

「……ははっ」

クレンジングオイルを、コットンに落とす。――これ、肌にキツイけどしっかり落ちるんだよなぁ。なんて呟きながら、額《ひたい》から鼻にかけて拭っていく。

なんだか、自分に消しゴムをかけているみたいで、少し笑えた。

バイトをしていたのは、高校を出た後、一人暮らしする資金を貯《た》めたかったからだ。それがアンの、ただ一つの野望だった。

アレンと夏準を見た後だと、なんて受け身で待ちの姿勢だろうと思った。二人の服代になったほうがまだ前向きだ。

確かに曲は粗削《あらけず》りだった。でもアンの選んだ服を着て、スポットライトを浴びて、ステージに立つ二人のラップは……誰かの記憶に焼き付くと思った。

無謀でも、粗削りでも、なお〝挑もうとする者〟がいることは、きっと世界に刻まれると思った。

公園を出て、帰路についた。寄り道をして、ロッカーにバッグを預けた。スカートとウイッグに、〝自分〟に、「バイバイ」を言うように鍵をかけた。

遠い車のエンジン音に交じって、スニーカーの擦《こす》るような足音が響いていた。

安っぽい街灯の明かりに、蛾《が》が藻掻くように纏わりついていた。重い足取りで家に着くと、玄関の扉が妙に重かった。

「おかえり、安仁《あんじん》」

いつも通りの母が、出迎えた。すぐに言い訳を用意した。

「今日は遅かったのね、どうしたの？」

「必要な参考書がどうしてもなくって。少し遠くの本屋まで行っちゃったんだ」

「そう。でも、遅くなる時はなるべく連絡してね？　心配してしまうもの。悪いお友達でもできたんじゃないかって」

「うん、ごめんね。大丈夫だよ」

「貴方《あなた》に限って、変な付き合いはないと思うけど」

「本当に、大丈夫だから」

そんな会話をしたと思う。

思う、と表現してしまうくらい、意識が曖昧だった。どうか瞬く間に夜が明けてしまえば良いと思った。

「とりあえず着替えてくるよ。お風呂も入りたいし」

そんな言葉で会話を区切って、自室へ向かった。その背中に「あっ」と、つい気づいたように、母の声がかかった。

「少し、髪が伸びたわね」

耳から伝わった振動が、毒のように回って、一瞬、足が止まった。

「明日カットしてらっしゃい。美容室、予約しておくから」

フリーズした脳を動かすために、呼吸が大きくなった。指先から血液を回して、赤血球が酸素を運んで、喉の感覚を戻して。やっと声が出た。

「——うん、そうだね。そろそろ、鬱陶しいね」

それだけ言って、部屋に入って、扉を閉めた。

なぜ怒らなかったのだろう。なぜ友達のことに口を出されて、文句を言わなかったのだろう。なぜ勝手に髪を切ることを決められて、不満を言わなかったのだろう。

情けなかった。情けなかった。

言いたいことは山ほどあるのに、自分の声が、自分のものに聞こえなかった。

血が通ってないみたいに、頭から胸が妙に冷めていて、無音の部屋の中が、いつもよりもずっとシィンとしていた。部屋の空気は微動だにせず、止まっていた。

それから、部屋が暗いことに気が付いた。明かりをつけた。

目の前に、姿見があった。

没個性な服を着た青年が、ひきつった、媚《こ》びるような笑顔を張り付けていた。

「……誰だよ、お前」

苦々しい呟きと共に、鏡の中の青年が唇《くちびる》を動かした。

分かっていた。これが自分の姿だ。だがこれが自分で、本当にいいのか？　こんな自分で、本当にいいのか？

一人の部屋の中、問いかけに応えてくれるものは、その時は誰も居なかった。


そして、その日はやってきた。

Paradox Live
Hidden Track
"MEMORY"

アンの姿は、日曜日の熱狂の中にあった。Dig Da Groove。屋外フェス形式のイベントは収容人数の多さもあって、クラブとはまた別種の盛り上がりを見せていた。力のあるイベンターが協力しているのだろう。ステージも大きく、オープニングにはアンも見たことのあるような幻影ラッパーが挨拶をして、そのまま審査員席に収まった。

美容室の予約は、夕方からだ。

アンは早い時間から会場に来て、前列に位置取ることができていた。間近で見上げるステージの大きさは、このイベントの権威を形にしたかのようだった。

プログラムを見る限り、アレンと夏準のステージを見てからでも間に合う。結果発表とその後のエキシビションまでは居られないが、仕方ない。

参加者はプロではないが、この地域のヘッズにはそこそこ知られたような顔が集まっているようだった。

アンはもちろん、そんな顔ぶれには明るくない。

しかしそれでも、アレンと夏準の練習を眺めていた時間が、アンに大会のレベルを悟らせた。

「……この人たち、上手《うま》い」

多くの参加者は、主催者サイドからインビテーションが送られているだけあって、なるほど、スキルも表現力もハイレベルだ。

時に韻を踏まず流れるようなフロウ。ダウナーな曲にはあえて声を張らない。トラックの間を抜群に生かしたパフォーマンス。〝音〟そのものへの理解が深い。あえて格好よくやらないという選択肢を選べる。

ラップを〝韻踏みゲーム〟にしない。表現したい世界観で、音楽性を打ち出して、ステージを作れるアーティストたち。

アンから見てもはっきり分かる水準のなかで、アレンと夏準が通用するのか。いや、それでも情熱は、負けていないはずだ。そんな自問自答を繰り返す。

やがて時間は飛ぶように過ぎて――アレンと夏準が、ステージに上がった。

アンの選んだ服を着て、二人が並ぶ。アンの狙い通り、グラフィティの掲げられたステージセットには、よく似合う。

大丈夫。いける。

曲が流れる。低く攻撃的なビート。アレンにも夏準にも、似合う曲ではある。後から思えば、それは『FREΔKOUT《フリークアウト》』に似た雰囲気のトラックだった。

戦える。きっと世界に、何かを刻める。

――いけ。アレン、夏準。かましてやれ。

そんな、アンの静かなエールをあざ笑うように――おそらくは、機材的なトラブル。

トラックの音が、飛んだ。

最初は夏準のパートからだった。

順調だった。堂々たるフロウだった。フリースタイルで慣れさせた感覚と元々の度胸で、歌い出しは完璧にハマった。アレンも、夏準のラップが響いていることを確信していた。

「――あ、」

そして突然、トラックの音が飛んだ。

ラップとトラックのリズムが、ワンテンポずれた。聡明な夏準だからこそ、その違和感に敏感に気づいてしまった。

ドミノ倒しのように、崩れ出した。ビートとラップを合わせなければという焦りと、先に用意してきたリリックを順守しなければ、という意識がぶつかった。

普段であれば、夏準はそこまで動揺しなかったはずだ。フロウでテンポを調整し、軌道修正することもできただろう。

「くっ、――」

だが、余裕を失って初めて――屋外ステージの恐ろしさが牙《きば》を剝《む》いた。

薄暗く密閉感のあるクラブやライブハウスとは違う。自然光の照らす、広大な観客席からステージへ注目する視線が、はっきりと見えた。それは夏準に、自覚していた以上のプレッシャーを与えた。

リリックは、この日のためにアレンと協力し、練りに練ってきたものだ。必死に組み上げたライムは、ワンフレーズのズレすら許してはならないという強迫観念を、夏準に与えていた。重ねた努力は、今や重荷になっていた。

結果、夏準はリリック通りに歌うことに拘って、ラップとトラックが完全に乖離《かいり》した。

――まずい。

その焦りは、アレンに伝播した。

舞台度胸も、思い切りもあった。それでも、その時点でのアレンと夏準は、まだ未熟だった。パートを交替したアレンは、まず夏準のミスを補おうとした。

「……――っ！」

アレンは、客席が白《しら》けていくのを敏感に感じ取っていた。しかしそれ以上に、その空気が夏準を追い詰めることを恐れた。

だからこそ声を張り上げた。非難なんか聞こえてくる前にかき消そうと、力強く叫ぶようなフロウを放ち、リリックをその場で変えた。それほど、アレンは夏準を大事に思っていたし、この勝負に負けたくなかった。

だがそれは〝アレンたちのラップ〟ではなかった。強すぎる声の主張と、客席を沸かそうと挟んだアドリブが、夏準パートとのミスマッチさを決定的なものにした。

「――！　――っ！」

アレンが先走れば先走るだけ、夏準のミスが際立った。その焦りは二人を傷つけた。

だったらもっと、もっと――……そう意気込んで熱を上げていくアレンは、トラックを聴くことすら忘れたようだった。うんざりしたような審査員の顔が見えた。口端を歪める夏準の顔が見えた。

アレンはやがて、自分の声すら聞こえなくなった。

景色がモノクロに感じられて、ステージ外から射す太陽の光だけが嫌に眩しく見えた。

そして、トラックを聴かない、仲間の声を聴かない、自分の声を聴かないその耳が、嫌に鮮明に、客席の声を拾った。

「――これさあ、もうラップじゃなくね」

その呟きが、アレンのラップを、とうとう殺した。パフォーマンスはそこで、決定的に崩れていた。

アンは、ステージ間近の客席で呆然《ぼうぜん》としていた。

こんな筈《はず》ではなかったと思う。確かに、二人の曲は粗削りだった。けれど、それはここまで酷いものではなかった筈だ。

実力を出し切ることすら許されない、トラブルさえなければ。だがしかし、不運だった

にしても、このステージは――、

「ひっでぇラップ」

一瞬、アンは自分の声かと思った。隣の席の客がうんざりした顔で呟いていた。

やがて、呟きは確かな非難と罵倒となって広がっていった。ラップどころか、大音響のトラックすら覆い隠すほどの、ざわめきが滲んでいった。

「アベレージ高いと思ったんだけどな」「誰だよこんなガキ呼んだの」「ワックっつーかもう普通にクソ」「ダジャレ聞きに来てんじゃないんだよ」「浅いテクでステージ立つんじゃねぇよ」「寒すぎ。萎えるんだけどガチで」「そういうの学芸会でやれよ」

「――違う！」

思わず、アンは近くの観客に向かって叫んでいた。

だって、叫ばずにはいられなかった。あまりにも酷い言葉が、アレンと夏準のステージを、消えそうなろうそくの炎を、本当に吹き消してしまいそうだったから。

「アレンは、夏準は――」

知らないくせに。アレンのことも、夏準のことも。あの二人の本気のラップも、放課後の努力も、本当のバイブスも知らないくせに。

「――あんなもんじゃないんだ！　もっと先へ、もっと行けるんだ！　アレンのことも、夏準のことも！　〝Furthermore〟を何も知らないくせに――」

「は？　誰だよ。知らねえよ」

当たり前だ。たった一度のステージで、初めて聴く観客に、関係があるものか。履歴書も人柄も、その場所では関係ない。

たった三分前後のステージの成否が、観客たちから見た全てだ。

もどかしかった。伝えたかった。アンが見てきたアレンたちの全てを。それを否定されてしまったら、アンが心地よいと思ったあの時間すら、唾《つば》をかけられる気がして。

だが、そんな思いをいくら言葉にしたところで、伝わるものなど何もない。

「アレンは、凄《すご》いんだよ。夏準は、格好いいんだよ。二人とも、本当に、本当にラップが大好きで――」

「だから知らねえってんだよ！　っつーか――」

その観客からすれば、いい迷惑だった。だから彼には文句を言う権利があったし、見も知らぬ人間に食って掛かられたのだ。だから、そう言う権利もあっただろう。

「――お前、誰だよ」

「僕は」

その一言が、アンを刺した。

それはずっと、自分で自分に問い続けていた言葉だったから。

アンの中のアン自身が、探し求めていたことだったから。

そして、はじけた。アンの中に溜まり続けた鬱屈としたものが、限界まで膨らんだ風船のように、その言葉の針で、破裂した。

「僕は……」

次の瞬間には、アンは、ステージへと飛び乗っていた。

自分の中の自分が「示せ」と叫んでいた、自分が誰だか。どう生きるのか。今示さなきゃクソだと言っていた。その瞬間、時間が止まったかのようだった。

突然の乱入者。

アンを知らぬ人々も、アンを知っている二人も、一瞬、目を奪われた。鮮やかな長いウイッグをなびかせて、スカートから長い脚を躍らせて、アンはステージに立った。

カン、と、高いヒールの音が、狙ったようにトラックのビートに重なった。

「僕は――!」

アンはもう、うんざりだった。

何も知らないくせに。誰も知らないくせに。アンが好きな人々のことを、アンが好きなもののことを、何も知らないくせに。好き勝手言われることが、もう我慢ならなかった。

お前は誰だ。僕は誰だ。

らしくない自分は、もう嫌だ。

アンは、驚いたままのアレンから、マイクをひったくるように奪い取った。

そして、唱えた。

「──僕は、アン・フォークナー！　それ以外の、何者でもない！」

ただの自己紹介。それが綺麗に、トラックのリズムに乗った。

それがラップである条件はなんだ？　韻《ライム》か？　歌い回し《フロウ》か？　たぶん何方《どちら》でもない。

自分を証明する。世界に証明する。その意志が音に乗ったなら、それがアンの、人生で最初のラップだった。

そして三人が最初に、一つの音を共有した、最初のラップだった。

アンの口から、言葉が溢れた。用意してきたリリックはない。韻を踏むテクがあるわけもない。ただトラックの音を聞いて、感じるままに、言いたいことをぶちまけた。

「──小手先のラップに用はない！　見たい物は、そんなんじゃない！」

不思議な現象だった。本来そこにあるはずのなかった、アンの声とラップは、まるで欠けたピースが溶けこむように、そのステージにハマった。

アレンとも違う、夏準とも違う──フェミニンで、滑らかに伸びる声。けれどなぜか、アレンと夏準と、同じバイブスを放つ声。

誰も知らないなら聞かせてやる。音楽で、世界に自分を証明する。

なるほど、確かに、こういうやり方も悪くない。

アンは肺の中身を吐き切るように、渦巻く心を吐き出すように、言葉を紡ぐ。

「――君たちは誰だと、僕が聞きたいんだ！」

そのバースとともに、マイクが投げ返された。

拙《つたな》いリリックだったはずだ。けれど、十分だった。

アレンは一瞬、頭を強く揺らされたようだった。けれど、それは心地よい衝撃だ。突然の乱入には驚愕《きょうがく》した。けれどそれ以上に……魅了された。

滑らかに、しかし強く響く声。鬱憤を音と言葉に乗せて表現に変え、世界に対して反撃するようなラップ。それはアレンの心を打ち、〝HIPHOP〟を思い出させた。

残響するアンのバイブスは、その名残を宿したマイクごと、アレンが受け取った。一瞬の間、アンを見つめ……そして、微かに微笑んだ。

「サンキュー、アン。目が覚めた」

たった一言。ラップとは関係ない言葉。余計な棘が、声から抜けていた。

そこからは、ステージの景色が変わった。

〝アレンのラップ〟が、炸裂《さくれつ》した。

半端なアドリブが失敗に繋がったなら、〝まるごと新しいラップ〟を生み出せばいい。

用意してきたリリックなど、その場で全部捨てていた。紡がれる言葉はアンのバースへのアンサー。

俺はこうだ。お前はどうだ。

譜面通りのルーティーンをたどるのは、もはや無意味だ。

力強い声が本来の魅力を取り戻し――それどころか、むしろ加速していた。拍手のようなビートに、キレのあるフロウがよくノった。それは焦りも強がりもなく、その場にいる仲間と〝音〟を〝楽〟しむだけの、純粋な音楽。

バトンのように、マイクが夏準に回った。「できるだろ?」「魅せてやれ」そんな言葉が伝わったようだった。

「――本物を教えてあげますよ」

途端、アレンの力強い空気を纏ったまま、〝夏準のラップ〟が躍った。

あろうことか夏準は、ミスをなぞるように、わざとトラックとリリックのリズムをずらして、それを演出に落としこんでみせた。定石破りの変則フロウ。フリースタイルのアドリブが、日本語と韓国語を織り交ぜ、切り刻むような韻を踏んだ。

自分のミスすら皮肉るようにリリックに取りこんで、シニカルでサディスティックな魅力を存分に発揮する。それでいて、独りよがりじゃない。共に歌う。攻撃的な夏準のラップが、アレンから継いだ音のニュアンスを織り交ぜて、洗練されていく。

マイクは再び、アンへ返った。

アレンのフロウと、夏準のライムを受け取って、アンのラップはより洗練されていった。

トラックに任せ、パッションに任せ、自然と言葉を紡げばそれがラップになった。次々にマイクを回して、前のバースへアンサーを続ける。それはライブというより、リレーの様相だったが、不思議と一つの曲になった。

「届かせる声――」「――音の向こうへ」「우리들의 노래――」「―― Just go ahead」「限界超えて――」「――遠雷の果て」「ココロ重ねて――」「――此処《ここ》で輝け」「――誰よりも――」「――誰よりも――」「――誰よりも――……」

次々と言葉が生まれた。欠けたピースが埋まったようだった。

まるで最初から、三人のための曲だったかのように、一つのバイブスがステージを支配した。アレンと夏準の声を、アンの声が繋いでいた。

そしてとうとう最後のフック。三人の声が重なった。即興のはずのステージで、まるで通じ合ったように、一つの言葉が結びの詞となった。

それ以外の言葉はないと、三人が確信していた。

「「「――誰よりも先に！」」」

圧倒した。反響した。初めての手ごたえがそこにあった。

ブーイングはいつしか消えていた。

屋外ステージの光の中で、三人の影が幻のように踊った。

空気は弾み、全てが音になった。鼓動はビートになって、呼吸はパーカッションになった。全てが音になった。全てがHIPHOPだった。

トラックが止《や》んだ時——その後の無音を、自然に歓声が満たした。理屈ではなく、客席に沁みこんだ音が形を変えて跳ね返ったように、拍手が返ってきた。

その瞬間、確かに世界は、三人だけのものだった。

Paradox Live
Hidden Track
"MEMORY"

「——優勝者は……チーム〝Dam.D.AM《ダムダム》〟！」

結果——アレンと夏準のチーム〝Furthermore〟は、アンのステージ乱入による規定違反もあって〝審査対象外〟という扱いになった。

「まあ、当然ですね。ハプニングですから」

「ごめんね、二人とも。僕が勝手なことしちゃってさ」

「そう言いながら、実はあんまり後悔してないだろ、アン」

「もちろん。だって気持ち良かったからさ」

結果に文句は無かった。

アレンにも、夏準にも、アンにも、後悔はなかった。やりきった、やってやった、という気持ちが胸を満たしていた。

「よう」

そんな調子で、ステージ袖を後にしようとしていたアレンたちに、審査員の一人が声をかけた。アンすらも顔に見覚えがある、著名な幻影ラッパーだった。

「君たちのステージ酷かったな。メチャクチャじゃないか。あれじゃ優勝どころか点数もやれやしない」

「知ってるよ」

アレンはぶっきらぼうに返した。ケンカを売りにきたのかと、文句の一つでも続けてやろうかと思ったが、「だが――」と相手が言葉を続けるのを聞いて、止めた。

「正直キいたよ。HIPHOPってのがなんだったのか思い出した。……名誉も賞品もやれないが――あの歓声は、君たちのものだ」

それだけ言って、その審査員は三人に背を向けた。

しばし唖然《あぜん》とするアレンたちの耳に、会場の歓声が響いてきた。優勝者を讃《たた》える声ばかりだ。けれど、あのステージの最後、確かに自分たちもあの歓声を耳にした。

「今のさ……褒められたってこと?」

「……いや。あれで喜んじゃダメだろ」

「あんな上から目線の評価では、満足できませんからね」

「……ははっ。だよね、そうこなくっちゃ」

笑いながら去っていく三人を、先ほどの審査員が、ステージ袖から見つめていた。微笑ましさと……微かに複雑な感情を織り交ぜた表情だった。

その様子を見て、スーツを着た男が声をかけた。

「どうしました。気になるチームでもいましたか？」

「いいや、青いヒヨッコを見て和んでただけですよ。アルタートリガーさんがチェックしとく程じゃあないでしょ」

「そうですか。……まあ良いでしょう。今回の優勝者はそれなりに有望そうです。あとは今日得た〝栄光〟という後ろ盾で、どこまでムーブメントに貢献してくれるか……」

「熱心ですね。アンタたちが何しようとしてるのかは知りませんけど。……カネ儲《もう》けだけってわけでも、ない気がするんですがね。……あんな機材トラブル、普通ないでしょ。あからさまに無様な〝ビリ〟を作ることは、トップの輝きをいっそう際立たせる……なんて、俺の考えすぎですかね」

「貴方がたラッパーが知る必要はありません。無意味な邪推などせず、どうぞ今まで通り、幻影ライブでシーンを盛り立ててください」

それだけ告げて、スーツの男も去っていく。

審査員の男は、その背を見て苦い顔をした。有望な才能を発掘するという今回のイベント自体は、楽しいものだと思う。しかしアルタートリガー社がスポンサーについていることには、ひっかかるものがあった。

「もう勝手に育っていくブームをさらに加熱させて、何がしたいってんだか。……まさか武雷管の再来でも期待してんのかね。確かに幻影ライブは流行ったが、あの絶頂時代はもう、な。CLUB paradox だって、とっくに無いってのに――」

Paradox Live
Hidden Track
"MEMORY"

――まだ体の中に、熱が残っていた。

今までに経験したことのない熱さだった。鼓動と一体化したようなビート。脊髄《せきずい》から湧いてくるようなライム。釘付《くぎづ》けになる人々の視線。嵐のような歓声。

全てが未知で、強烈だった。

その正体は、世界に〝刻んだ〟という手ごたえだ。自分たちの音が、誰かに響いたという確信。表現者だけが味わえる、無二の絶頂。けれど、結果は負けに変わりない。確かに歓声を上げさせた。失格であっても、オーディエンスは沸かせた。

でも、だったら……勝者は？

頂点に立った者には、いったいどれほどの熱が与えられるのか。

そう考えてしまったら、もう戻れない。音楽は一人でも楽しめる。けれど誰かと共有し、競いあう。そういう世界の熱さを知った者は、もはや虜《とりこ》だ。

Dope《ドープ》――HIPHOPにおいては、格好いいとか、イカすとか、そういう意味合いで使われる言葉。しかしながら、その語源を考えるならば――こう表現するべきだろう。

もう、〝病みつき〟だった。

だからライブに飛び入りしたその日の夜、アンは久しぶりに母親とケンカをした。

髪を切るどころか、長いウイッグを着けたまま帰ってきたからだ。どうしても、もう偽りの自分ではいられなかった。

それでスカっとするわけでもなかった。母は泣いたし、自分の心も荒れた。家族は家族だ。何も傷つけあいたかったわけじゃない。ただ、分かってほしかった。けれど――分かり合えないということを確認するのも、きっと、必要な一歩だった。

それから、心も身支度も、きちんと準備を整えて……高校を卒業したその日、アンは母の住む家を出た。

「……――さよなら、ママ」

苦しみも懐かしさも、どちらも籠もる家の扉に別れを告げて、アンは自分の足で歩きだした。行先は決まっている。

キャリーバックを引きながら、新しい季節に芽吹く木々を横目に、春の風の中を、長く伸ばした髪をなびかせて歩いていく。

やがて、待ち合わせ場所に選んだ広場へたどり着く。

そこに、アレンと、夏準がいた。

「ハーイ、お待たせ」

「結局、アンも一緒に住むんですね……」

「とか言って、夏準も一緒に空き部屋片づけたじゃないか」

「つか、僕必要でしょ。生活的にも、チームとしてもさ？」

「意外と使えることは間違いないですね」

「相変わらず可愛げないなー、夏準は」

くすくすと笑うアン。まだどこか斜に構えた笑顔の夏準。

アレンだけが妙に真面目《まじめ》に、何やら咳払《せきばら》いしている。

「どうしたんですか、アレン」

「え、もしかして僕の加入、不満？」

声をかけられて、少し間があって、気づいたようにアレンは顔を上げた。

「いや、実は三人なら、チーム名変えようと思って……今日までに考えてきたんだ」

「良いですね。今までのボクたちと同じじゃあないんですから」

「何かある？　僕今のままも良いと思うけどな、〝もっと先へ〟……」

「いや、もっと俺たちに相応《ふさわ》しいのがある」

そして、ラップをするのと同じように、真剣に考え紡いだ言葉を、アレンは高らかに口にした。それが、彼らの名前になった。

「俺たちは――〝BAE〟だ」

Paradox Live
Hidden Track
"MEMORY"

「………〝Before Anyone Else《誰よりも先に》〟……〝BAE〟。あれから、ずいぶん経ったよね、ほんと」

散らかった部屋の中、かつてアレンに贈ったその服を手に、アンはしみじみと呟いていた。その一瞬の呟きの間に、ずいぶん長い記憶の旅を終えたような気がした。

でも、全てを思い返した時、胸にあった思いは……懐かしさではなかった。

「ねえアレン、夏準」

アンは振り向き、そのジャケットを広げた。

初志を象徴するような、その褪せてなお鮮やかな色のジャケットは、御旗《みはた》のようだった。

「僕たち、まだまだ止まれないよね」

「当たり前ですよ」

夏準が、肩をすくめて笑った。

「アレンの言う通り、結局負けました。武雷管への挑戦権すら勝ち取れなかったんです。

このままじゃ、〝BAE〟の名折れでしょう?」

「ああ、そうだ」

アレンが、力強く頷いた。

「Paradox Liveが終わっても、俺たちのラップが終わるわけじゃない。まずはcozmezだ。新しい王冠を勝ち取ったあいつらを超えて、武雷管も超えて……そしていつか必ず、俺たちの音で、誰も見たことのない、もっと高い場所に行ってやる」

「うん、僕たちのHIPHOPで」

「ええ、ボクたちのラップで」

「俺たちの音楽で、俺たちを証明する」

「「「──きっと、誰よりも先に」」」

Paradox Liveは一応の決着を見せた。けれど三人は……BAE。その名前に込められた意味を、未《いま》だ見失っていない。まだまだ終わらない。まだまだ満足できない。きっとこれからも、ラップを続けていく。ずっとこれからも、走り続けていく。

いつか誰の背も追い抜いて、一番先頭に立つために。

BAE──その名にはそういう意味が込められている。

……けれど、それはあくまで直訳だ。スラングとしては、実のところ、もっと別の意味がある。

――〝一番大切な人〟。

志をまた、確かめ合った三人。自分たちの名の意味を、再び唱えた三人。

けれど彼らはきっと、その名の持つもう一つの意味も……今も大切に、胸に抱き続けている。

同じバイブスの中で生きる限り、これからも、ずっと。

The Cat's Whiskers

Birdhouse
Any
Remember.

Paradox Live

Hidden Track "MEMORY"

The Cat's Whiskers

雨の降る夜だった。

Paradox Live《パラドックス ライブ》の一件以来、平和がBar4/7《バーセブンフォー》に満ちていた。雨で客足が少ないその日は特に、穏やかな時間の流れる夜だった。

「……匋平《ようへい》。最近はよくピアノを弾くようになったね」

「まあな。雨の日はどうも、弾きたくなる」

「はーい！　リュウくんもっとバトルBGMっぽいのリクエストします！　黒《くろ》ぶち魔王《まおう》DX《デラックス》最終決戦のテーマ！」

「なんだその珍妙なリクエストは……」

西門《さいもん》はグラスを傾け、神林《かんばやし》はピアノを奏でる。リュウは黒ぶち魔王DX──猫を頭に載せて、ソファに転がっている。

やがて、神林がピアノを弾き終えると、いよいよ雨音だけがバーを支配した。

「四季《しき》のやつ、ちゃんと傘持って行ったろうな」

「リュウくんカバンに傘入れてあげたから大丈夫！　小さくて銀色でオシャレ！」

「シェイカーが一つないと思ったらお前か、リュウ……」

The Cat's Whiskers《ザ・キャッツ ウィスカーズ》にとって変わらない日々のようで、Paradox Liveを経て、いくつか確かに変わったことがあった。

まず……四季がよく出かけるようになった。

那由汰《なゆた》との一件における過去と誤解の解決に伴い、四季はcozmez《コズメズ》の双子と遊ぶことが多くなった。四季を苛《さいな》む全てがなくなったわけではないが、間違いなく笑顔は増えた。生来の気弱さはあるものの、明るさを取り戻しつつある。

もう一つ。最も西門と神林を悩ませていた、バーの土地買収の件が解決した。

Paradox Liveの終了と共に、不動産会社の態度が露骨に軟化した。アルタートリガー社の影響であることは、明らかだった。

優勝して賞金を手に入れることはできなかったものの、十分余裕をもって土地と店舗を買い取ることができた。結果として、店を守るという目的は達成されたのだ。

そういうわけで——The Cat's Whiskersの問題は、多くが解決したと言っていい状態だった。

けれど、それはあくまで今あるものを、何とか守っただけの話。

もう戻ってこないものは、確かにあった。

「なあ西門」

「なんだい？」

「お前の中の椿《つばき》さん、笑ってるか」

「……ああ。だから旬平も、ピアノが弾けるんだろう？」

「……まあな」

神林の視線は、窓の外を向いた。静かにこぼれ落ちる雨垂れが、窓ガラスに縦線を描いていく。

確か、あの夜も……。

あまりにも穏やかで、平和な夜。優しい雨のリズムが、大事な店だけは確かに守ったのだという実感と共に、神林を、西門を……遠い過去の記憶へと、誘《いざな》っていった。

Paradox Live
Hidden Track
"MEMORY"

確か、あの夜も雨が降っていた。

人の声も、ビルの明かりも滲《にじ》ませるように、雨音が夜を包んでいた。

街はまるで喪に服したように静まっていて、外を歩くのがどこか罪深く思えるような、そんな夜だった。

濡《ぬ》れたアスファルトの道を、捨て猫のように歩いている青年がいた。

水を含んだ安いシャツと、ボロのスニーカーを引きずって、重い足取りで道を行く。濡れた前髪《まえがみ》が視界を覆っても、見えていないかのようだった。

視界は狭く、足元に落ちて、どちらが前かもわからぬような足取りで、それでも不思議と迷いはなく、まっすぐに進んでいた。

雨の中。聞こえそうもないピアノの音が、なぜだか耳に届いていて。

それに従って歩くうち、一軒の店にたどり着いた。

Bar4/7。看板の名前は、その時は目に入らなかった。

バーの扉は、狭く重い。それは外の世界と店の中を隔てるためだ。

知る人に言わせれば、バーとは〝Hide out《ギャングの隠れ家》〟なのだと言う。店の中に入った客を守るために、入り口は狭く作られている。そしてバーテンダーとは〝優しい止まり木〟を意味する。バーは、疲れた者を優しく休ませるためにある。

だからきっと、そのピアノの音は、バーの厚い扉を通して、彼の耳に届いたのだろう。

その優しい音は、扉の向こうから聞こえてくる。

そう確信して、彼は重い扉を、寄りかかるように押し開いた。

そこに――椿の花が咲いていた。

聞いたこともないような、優しい旋律があった。春の太陽よりも柔らかい、暖かな明かりが満ちていた。

白く細い指で鍵盤を叩《たた》く彼女の姿は、彼にはまるで天使に見えた。

その日の夜、彼は、本当の意味で〝音楽〟に出会った。

そのころは悠月《ゆづき》椿と呼ばれた彼女と、西門直明《なおあきら》という名の男。バーに突然現れた、まだ年若い青年に、二人は少し驚いて、それから優しく微笑《ほほえ》んだ。

中に入って扉を閉じた時、世界と隔たれた店の中には、泣きたくなるほど暖かな、空気と音が満ちていた。

まだ十七歳の神林匋平の、人生が変わりゆく夜だった。

Paradox Live
Hidden Track
"MEMORY"

十九歳になった神林は、バーの扉の重さが好きだった。

まだ暑さの残った外の空気から、快適な空調の室内へと飛びこめば、目当ての人物はすぐに見つかった。

「西門。時間いいか」

「ここに勤めてそこそこ経《た》つけれど、そんなに堂々とバーに来る未成年は、お前くらいだよ。匋平」

笑いながら神林を迎えた西門は、バーカウンターの一番奥の席を顎《あご》で指す。それから、ライムジュースとグレナデン・シロップ、それにシュガー・シロップを少々シェイクして、丸氷を入れたゴブレットグラスへ。最後にソーダを注いで満たす《フルアップ》。

「サマーディライトでございます」

「かっこつけてるけどジュースじゃねえか」

「酒を出すわけがないだろう？」

「ライムのスライスくらい飾れってんだよ。つーか勝手に作るし」

頬杖《ほおづえ》をついた神林は、少し不貞腐《ふてくさ》れた顔でグラスをつまむと、その赤いノンアルコールカクテルで唇《くちびる》を濡らした。酔いはしないが、さっぱりとした味わいは心地いい。喉《のど》がある程度潤うと、神林は饒舌《じょうぜつ》に喋《しゃべ》りだした。

「金曜のイベントは手ごたえがあったな。良い気分だった」

「ああ。やっぱり私たちにチル系の音楽性は合っていたと思うよ。私も気持ちよくリリックが書けたしね。匋平も、また表現が一皮剝《む》けたんじゃないか」

「まあな。あのトラックは間違いなく最高傑作だ」

会話の合間に、神林が上機嫌にグラスを傾ける。しかし、グラスを持つのが様になるものだ。バーで働くのも似合うだろうな、と西門は目を細めた。

「ピアノの伴奏にフィンガースナップのビート、あれは想像以上によくハマった。屋根から落ちる雨垂れのイメージ……」

「いちいち褒め方が理屈っぽいんだよ。まあ、言語学なんてのを学んでると、そうなるのかもな……院のほうは大丈夫か？　けっこう忙しそうなイメージあるけどよ」

「暇と言えば嘘《うそ》になるけどね。XXXX《クアドラエックス》としての活動に割く時間は十分にある。むしろ、リリックを作る助けになっているくらいだ」

「……確かに、最近のお前の詞は特にノってる」

「相棒に太鼓判をもらうと安心するよ」

「それに加えて、あのトラックだ。正直、どこの誰にも負ける気がしねえ。……知ってるか？　こないだのイベント、海外の注目度も高いらしいぜ。このまま行けば海の向こうでも――」

「武雷管《ぶらいかん》みたいに一気に知名度が上がる、かい？」

「なんだ、歯切れが悪いな」

「そりゃあ、ある水準以上のチャンスを摑《つか》むには、運が必要になってくるのは確かだ」

「そういう前置き、どうにかならねぇのか？　目はギラついてんじゃねえか」

「弱気に聞こえたかな」

「実力なら足りてるつもりだ、って言えよ。まどろっこしいんだ、お前の言葉は」

「匋平には伝わるからね」

「ふん。俺はお前ほど謙虚じゃねえ」

また、グラスに口を付ける。甘ったるい信頼の言葉から逃げるように、ライムの酸味で舌を満たす。

「もう少し素直な言葉使えよ。すました顔で、燃えてるくせに」

「高温の炎は、静かに灯《とも》るものだよ」

「行くつもりなんだろ、武雷管《テッペン》を超えるとこまで」

「当然」

「そう妙に謙虚な言葉を付け足すのは気に食わねえ。俺の音とお前の言葉があれば、手が届く夢だ。運とやらも捻《ね》じ伏せられる」

「ずいぶん、あのトラックが気に入ったみたいだな。最初はもっと攻撃的なラップを好んでいたはずなのに」

「当たり前だ。良いものは良い。チル系だろうがなんだろうがな。サンプリングも上手《うま》く行ったが、何より椿さんのピアノが――」

「あら、なあに？　私の噂話《うわさ》？」

低く響く二人の男の会話に交じった、高く細い声に、神林は思わず顔を上げた。

「――やあ、椿」

西門が、女性の名前を呼ぶ。

低く優しい西門の声に、もう一つ、愛《いと》しさを込めた響きが宿る。

西門の声と神林の視線の先。二人にとって、特別な人がそこにいた。

「……っ、椿さん！」

西門に遅れて、神林の唇は、どこかぎこちなく、その名の形をなぞった。

悠月椿——そのころは西門椿と名乗る女性を、一言で表すのは難しい。

だが一文字を選ぶならば〝凜《りん》〟だろう、というのは西門の談だ。

ビロードのような髪《かみ》も、雪のような肌も美しい。

けれど、彼女の魅力というのはそういう見た目の話ではなくて、手を少し伸ばしたり、脚《あし》を一歩踏み出すような、そういう所作一つ一つの洗練された美しさ——澄んだ美しさだと、神林は思う。

背筋に一本、しなやかな芯が通ったような人で、それは内面の強さの表れでもある。だから彼女を指す時、神林は美人よりも、綺麗《きれい》な人だと言いたくなる。

そんな彼女が、西門と神林の姿を見ると……それこそ椿が咲くように、喜色鮮やかな笑みを浮かべるのだ。

「こんばんは、匂平くん。少し久しぶりね」

「ああ……驚いた。今日は店に出てたんだな」

「うん。しばらくは自分の楽曲づくりに専念してたから、顔を合わせる機会なかったものね」

「ということは、納得のいくものができたとか？」

「まだなんだけど……いい加減、研究に根を詰めすぎだって直明さんに叱《しか》られてね。このバーにもご無沙汰していたし、気分転換を兼ねて」

「没頭している時の椿は、ベッドで寝る間も惜しむからね。書きかけの楽譜を枕にして、五線譜のインクが頬に写った顔を何度も見ていちゃあ、苦言も言うさ」

「もー、直明さん！　……そこまではバラさなくていいでしょう」

椿は眉《まゆ》を八の字にして笑いながら、叱られたという相手——肩《かた》をすくめる西門——を見つめて、滑らかな髪を、指先で静かに払った。

そんな所作の一つも、バーの明かりの下で見ると、不思議な艶があって、目を惹《ひ》くものだ。だから神林は、ピアノを弾くために作られたような、細く長い薬指。その根元に収まる白銀の指輪を、つい見つめてしまった。

そうすると不意に、グラスを磨く西門の指先に意識が向いた。同じデザインの、白銀の指輪。

「それで、私の話だったの？」

「ああ——」

椿が話の続きを始めて、何が悪いわけでもないのだが、神林はまるで悪戯《いたずら》が見つかった子供の様にこめかみを掻《か》いて、答えた。

「——その、椿さんのおかげで、良いトラックができたなって話を……」

「ふふ、ありがとう。送ってもらったデータ聴かせてもらったけど、ジャズのスイングにも似た変拍子、本当に素敵だった。やっぱり匈平くんには、天性の音感があると思った」

「……でもサンプリングソフト弄《いじ》ったのは西門なんだよなぁ～……」

「機械を使ったのは私でも、確かに匈平の曲だよ」

謙遜する神林に先回りするように、西門が続ける。

「マニュアル通りに機械は弄れるが、私にはあの音源をHIPHOPのビートへアレンジするセンスはないからね。やはり椿の音への理解は、匈平のほうが上かもしれない」

「あ～、やめてくれやめてくれ。どんだけ褒められても、ソフトに打ちこんでもらったんじゃあ、子供の宿題みたいで格好がつかねえよ……クソ、覚えねえとなぁ」

西門のフォローに、神林はバツが悪そうに頬を掻いた。照れているのは確かだが、まんざらでもないのは表情ですぐにわかった。

まあ、機械に弱いという神林の短所は、このころは特に酷《ひど》かった。

厳密には、機械と言うよりデジタルに弱いのだ。ピアノの調律は繊細にやってのけるのに、デジタル腕《うで》時計の時刻合わせすら丸一日できなかったのだから、相当なものだ。それでいて、今時マニア好みの手巻き時計なんかは上手にメンテする。――匈平くんは、感覚が物質的《ソリッド》なんだよね――とは、椿の評だ。椿に言わせれば、それは音を空間的にとらえる才能でもあるという。

　その才能は、西門もわかっている。わざわざ打ちこみを任せたことを言う必要も無かったはずだし、先ほどまでは神林も機嫌よく自画自賛していた。ひねくれたことを言うのは椿の前だからだと……西門は、そこも理解している。

　今度、もっとアンティークなサンプラーでも探してこようか、西門はそう考える。

「それはもちろん、匋平もパソコンが使えれば、もっとできることが広がるんだろうけど……それを補って余りある物がある。なんでも一人でできる必要はないさ。そう思わせてくれたから、私は匋平とXXXXを組んだんだ」

「べた褒めだねぇ、直明さん。でも私もそう思うよ」

「信頼してるんだよ。匋平は私の〝夜叉《やしゃ》〟だからね」

「ちっ。そう言われちゃ……何も言えねえじゃねえか」

　拗《す》ねたように口を尖《とが》らせる神林を、微笑《ほほえ》ましげに見つめる二人。その視線から逃げるように、神林はグラスを一気に呷《あお》った。

　ＭＣ夜叉と、ＭＣ修羅《しゅら》。二人の伝説的幻影ラッパー、武雷管。

　西門にとっての〝ＭＣ夜叉〟。それが神林の、ラッパーとしての在り方だ。

　かつて武雷管のライブを見に行って、衝撃を受けたあの日。

　武雷管への憧れを口にする西門に、一緒にラップをやってやる、と神林が持ち掛けたのが、XXXXの始まり。

――夜叉の圧倒的な才能、これを支えているのが修羅の知性と理論なんだよ。この二人だからこそ、武雷管の音楽、あの圧倒的なパフォーマンスは生まれるんだ。

――だったら、俺があんたの〝夜叉〟になってやるよ。だから西門、俺と組め。俺があんたを〝修羅〟にしてやるよ。

あの日、二人の〝憧れ〟が〝目標〟へと変わった。

そしてまた、椿もそこで音楽の理想形を見つけた。

――武雷管の音楽は特別。〝ヒトとヒトをつなげる音楽〟。自分の境界がなくなって、心が、魂が見えないどこかで確かに繋がる。なんて素敵なことなんだろう。

それ以来、椿もまた、〝ヒトとヒトをつなげる音楽〟について模索し続けている。

全ては武雷管から始まった。

その日の感動が夢へと変わり、目標になり、この瞬間に続いている。

だから……西門が〝私の夜叉〟と呼んでくれることを、神林は誇りに思う。

それ以上、謙遜などできないのだ。だから代わりに、空になったグラスを差し出した。

「西門、おかわり」

「私も同じの貰《もら》おうかな」

「椿さんも？　ミックスジュースだぜ、これ」

「いいの。直明さんの作るミックスジュース好きだから」

「ノンアルコールカクテルと言ってほしいなぁ……」

カウンターにかける二人を見て、笑いながらフルーツナイフを用意する西門。顔を上げた神林が、その様子を指さす。

「はぁ？　おま、ざっけんな……椿さん、こいつ俺だけの時はライム切らなかったんだぜ。こんな顔してゲンキンだよな、眼鏡《めがね》のくせに」

「匂平が二杯目を頼むのは知ってたからだよ」

「嘘つけ。なあ椿さん、こいつぜってー椿さん用だからってサービスしてんだぜ。眼鏡のくせによ、まだ新婚だからってやることがスケベなんだよ」

「新婚はともかく眼鏡は関係ないだろう、眼鏡は」

「あははは っ」

二人のやりとりを見て、さも可笑《おか》しそうに椿が笑う。凛と整った椿の顔が、こういう時は幼く見える。それから、その目が穏やかに細められて、神林に向けられる。その視線に少しどきりとして、神林は頬が熱くなるのを感じた。

「直明さんも面白いけどさ……ほんと、匂平くんは良い顔するようになったね」

「は……なんだよ、急に」

「久々にバーに来たからかなぁ。匂平くんに初めて会った時のこと、思い出しちゃって。あのころの匂平くんは……もっと、何も近寄らせたくない、って感じでさ。世界中を恐れているみたいに、刺々《とげとげ》しい声と冷たい目。調律しないまま叩いた鍵盤の音みたいに、ギザギザしてたけど――」

思い出に浸る椿の前に、ゴブレットグラスが置かれた。鮮やかな赤い液体に、緑のライムの切れ端が飾られていた。

「――今はとても柔らかい響きが伝わってくる。なんだろう……クラシックで言えば、トロイメライかな。そんな感じ」

「……椿さんのそういう喩《たと》え方、相変わらず分かりづれぇけど……擽《くすぐ》ってぇこと言われてんのだけはわかるわ」

「椿の共感覚的な表現を意訳するのは、いつも苦労するよ。そのために言語学を専攻したようなものだね」

「二人ともなんか酷いこと言ってない？」

からかわれる対象が、神林から自分に代わってしまって、今度は椿が「むぅ」と口を尖らせた。「綺麗だな」と「可愛《かわい》い人だ」という感想が、同時に神林の頭に浮かぶ。

ふと、思考を始めた頭が、勝手に昔のことを思い出す。

家庭の不和。預けられた施設の人々の冷ややかな目。大人というものを信じられず、野良犬のように生きていたころ。しまいにはヤクザにまでなって、それでもなお、満足できる何かを得られない……そんな生活を送っていた過去。

毎日、毎日、どこか、隙間風が胸を吹き抜けて行くような日々——そして、その日々の果てに出会った、優しいピアノの音色。

かつての神林の痛々しさを、神林自身が一番自覚している。

だからこそ、あの夜自分を導いてくれたピアノの音が、椿が、西門が、どれほど自分を助けてくれたかも、よく分かっている。

「とにかくさ。二人が一緒に音楽してること、嬉《うれ》しいんだ、私」

仕切り直すように、椿がグラスを口元に寄せる。赤い夏色のカクテルを舌に滑らせ、喉に抜けていく爽やかさを感じていく。それからしみじみと、嚙《か》みしめるように呟《つぶや》く。

「やっぱり音楽は、ヒトとヒトをつなぐんだ、って」

その言葉は、椿の夢だ。

「たぶん直明さんと匋平くんが、一番証明してくれている。武雷管のライブを見に行ったあの日以来、色々考えてきたけれど……私、結局はそう思ったんだ」

「そうだね。匋平は、遠くから眺めるしかないと思っていた武雷管という存在を、目標に変えて、繫《つな》いでくれたんだ。……感謝してもしきれないよ」

「……最初にそれを証明したのは、あのピアノなんだけどな」

「えっ？」

「なんでもねえよ」

それきり、神林も照れ隠しのようなことは言わなかった。ただ口にあてたグラス越しに、カウンターを挟んで笑いあう二人の姿を見つめていた。

椿という女性に対し、神林が抱いていた感情は、穏やかな親愛ばかりではない。

椿は神林にとって、雨夜の雲間から射《さ》した月明かりだった。

価値がないと思っていた自分を認めてくれた。ピアノを弾かせてくれた。「その才能は特別だ」と、言ってくれた。青年が大人になっていくにつれて、その感情を恋と自覚するには十分な時間が過ぎて——その恋が叶《かな》わないことを悟るのにも、また十分すぎる時間があった。

けれど、それでも良かった。

椿が導いてくれた道で、西門が手を取ってくれた。

あの日、ピアノが聞こえなかったら。あの日、声をかけてくれなかったら。あの日、武雷管のライブに連れて行ってくれなかったら……。

「修羅と夜叉を目指すだけじゃない。武雷管、超えるんでしょ」

「おう」

「勿論《もちろん》だ」

微笑む椿に、西門と頷《うなず》く。

二人がいたから、神林は今ここで、音楽という道を歩いて行ける。椿も西門も、神林にとっては、あてのない夜道を照らしてくれた、優しい明かりだ。感謝なんて二文字では、とても足りるものではない。

椿の笑顔が見たい。けれど西門の笑顔も、神林は守りたい。

だから……笑いあう二人を眺めている時間が、何よりも嬉しい。

胸に痛みを抱えても、悲しい瞳を浮かべても、彼らのために祝福の拍手を贈れるなら……それは彼らに人生を救われた、神林匐平の誇りだ。

そんな神林の胸中を、西門も薄々は気づいていた。だからこそ、気を遣うような真似《まね》は無粋だと思っていた。

ただ椿の笑顔を護《まも》り、三人でこうして語らう時間、彼女が幸せであると示すこと。椿との結婚が間違いでなかったと、証明し続けること。それが西門にとって、神林の誇りへ報いることだった。

彼らは、愛しい一輪の椿を挟んで……そんな時間が、優しい連弾の音に包まれるような暖かな夜が、どうか永遠に続けばいいと、静かに願っていた。

きっとそれが、彼らにとって、もっとも幸せなころだった。

言葉なく響き合う、不器用な男たちのセッションが、穏やかな日々を奏でていた。

きっかけは、それから数日後のことだった。

その日は、珍しい来客があったことをよく覚えている。

「……オヤジ？　なんでまたここに」

「おう。たまには洒落《しゃれ》た酒でも飲もうかと思ってな」

その日、Bar4/7に訪れたのは、和装に身を包んだ中年の男。

西門は「珍しい装いだな」程度に思っていたが、カウンターにかけていた神林の反応を見て、それがかつて神林が身を置いていた組の長、翠石《すいせき》であることをすぐに察した。

翠石は神林の隣にかけると、ウォッカ・マティーニを一杯注文した。「ステアでなくシェイクでな」と付け加えると、それが有名な映画のレシピであることを知っていた西門は、笑いながら頷いた。

オリーブではなくレモンピールの飾られたグラスが出てくると、翠石は上機嫌そうにグラスを神林の方へよせて乾杯し、その音をきっかけにして、神林から話し始めた。

「オヤジ、ご無沙汰してます」

「いやぁ、そんな久々でもない気がするけどな。依織《いおり》のヤツがお前のこと心配で心配でしゃーないらしくてなぁ。顔でも見て報告したろかと思って」

「は？　……あいつ、別れ際には飄々《ひょうひょう》としてた気がしますけど」

「ま、依織もまだ青いからな。ああ見えて割と気にしとるんよ。同期の桜やしな」

翠石の言葉を聞きながら、神林の脳裏には組での記憶が巡っていた。

施設に居場所はなく、野良犬のような生き方しかできなかったころ。チンピラ紛《まが》いの生活をしているうち、翠石組《すいせきぐみ》に拾われた。

その当初から、よく絡んできたのが依織だった。

二人して競うようにガムシャラに働いたこと。些細《ささい》なことから始まった殴り合いのケンカで、まとめてオヤジに絞られたこと。花見の席で二人でやった芸がスベりすぎて逆に笑われたこと。

そしてXXXXの活動に注力するため、組を抜けるか悩んでいた時。「どうせやるなら本気でやれ」と、覚悟を後押ししてくれた、あの日の背中。

たぶん、友達と言っていい間柄だった。思い出が、ずいぶんと鮮やかに巡る。

「……オヤジ、今日は一人すか？　……組の連中は？」

「ツレは他所《よそ》の店で遊んで貰っとる。大勢で押しかけるとこちゃうやろ、ここ」

翠石は笑顔で、きゅっ、とグラスを傾ける。

レシピ通りに作られたカクテルは、作られたその瞬間から劣化を始める。最も美味《うま》い瞬間を楽しむなら、手早く味わうのが正しいことを知っている所作。こういう客相手だと、西門も気分がいい。

「ゆうて、しょーじき依織のことは建前や。自分がお前の顔見たくなったっちゅーのが本音よ」

「そんな……あんな不義理を押し付けた俺なんかを、いつまでも気にかけなくても」

「っかー！　根っこの卑屈なとこは変わっとらんな。男が道を定めて堅気に戻ることを不義理ってのはちゃうやろ。今日はなぁ……お前のラップが良かったたっちゅー話もしに来たんやぞ」

「えっ、聴いたんすか？　俺の……俺たちのラップを？」

「おー、こないだのなんちゃらフェスってのは大きい祭りやったろ。権田《ごんだ》とか飯島《いいじま》もええ曲や言うとった。竹中《たけなか》なんぞサングラス外して泣いとったで。故郷《クニ》に置いてきた息子《むすこ》のこと思い出したとか言うて」

「はぁ？　なんっ……なんすか、組の皆《みんな》で聴いてたんすか？　……恥ずっ……」

「アホ！　恥ずかしいことあるかい！」

翠石が、ぱしんっ、と膝《ひざ》を打つ。

「男が自分の〝これぞ〟と思った生き方で、立派に結果出したんや。胸を張らんかい、胸を！　実に立派な舞台やった。満員御礼っちゅーのはアレのことやな。千客万来のまねき猫をやった甲斐《かい》があったわ」

「それは……ありがとうございます、マジで」

もちろん神林とて、嬉しいに決まっている。

だが「HIPHOPで生きていきたい」なんて勝手を言って、組を抜けてしまった負い目が、神林には残っていたのだ。

それが、わざわざ事務所に集まって、大勢でライブを見て褒めてくれたというのは、嬉しくも有難くもあり……何よりどうにも、保護者参観のようで気恥ずかしいのである。

そんな神林の様子を分かっていて、翠石もまた声を穏やかにした。

「……正直心配な気持ちもあった。でもな、〝あの音〟を聴いたら安心せざるを得んわ。あの日お前が言《ゆ》うた〝俺の音を信じてくれた男のためにも、本気になりたい〟って言葉……今になってようやく実感がある。ええ相方持ったな、匋平」

ふいに視線を感じて、神林が顔を上げた。

カウンターの西門が、ニコニコと笑っていた。

「なんだテメー」

「いや、私も嬉しいなと思ってね」

完全に確信犯だ。二人の様子を見てカラカラと笑った翠石は、マティーニグラスを空にすると、ゆっくりと席を立つ。

「ま、そういうわけでな。お前の顔も見たかったけど、そっちのあんちゃんの顔も見てみたかったたっちゅーこっちゃ。二人ともええ顔しとるし、酒も美味かった」

「あ、オヤジ……もう行くんすか」

「おう、満足したからな。次は現場で生音聴きに行くさかい、皆で行けるようデカいハコ取れや」

「……ウッス」

神林がそそくさと立ち、出口の扉を開く。〝ええってええって〟と手を振りながら、翠石は上機嫌で夜の街へと歩いて行った。

その背中を、目を細めて見送る神林へ、西門が声をかける。

「初めて会ったが、良い人だね」

「ヤクザやってんのが嘘みてぇだろ。でも怒ると怖《こえ》ぇぞ、マジで」

「説得力あるなあ。そんなに怒られてたのかい？」

「うっせぇ」

「ははっ……でも、私もあの人に聴いてもらいたくなった。大きなイベントに出ないといけないね」

新たな道へ進むことを案じ、その成功を祝福してくれる人がいる。幸せなことだ。

西門は改めて、神林と共に音楽を始めたこと。彼とHIPHOPという道を歩いていこうと決めたことを、正しかったと実感していた。

「つーかよ、西門。オヤジが来て忘れそうだったが、今日は次の曲について打ち合わせに来たんだぜ。客足も途切れたし、そろそろ良いか」

「ああ。……結局、3番のトラックをブラッシュアップしていきたいんだろう？」

「だな。挑戦になるとは思う。けどその分、ハマればすげえもんができる、って手ごたえがある……1番か2番をベースに作っていくのが、今までのXXXXらしいのは確かだ。だが、一つ一つ壁を越えなけりゃ――」

「――武雷管に、世界には届かない、か」

「笑うか？」

「まさか。なるんだろう？　次の時代の、修羅と夜叉に」

「へっ、そうこなくっちゃな」

にや、と笑いながら、神林はポケットからいくつかのメモを取り出した。そこにはトラックに関するいくつかのアイデアや、神林が表現したいイメージが書かれていて、西門がその感覚的な閃《ひらめ》きを言語化することによって、XXXXの曲作りは進んでいく。

だが、その相談はそこで途切れた。

「ああ、でもすまないけど……少し後にしよう。裏のフルーツパーラーに用があるんだ」

「あの深夜営業の店か」

「そう。品質のいいレモンの仕入れができなくてね、少し回してもらったんだよ。店を閉めてからお礼を言いに行くつもりだったんだ」

「構わねえよ。義理は大事だ……ってオヤジも言ってたからな」

「ありがとう。これでも飲んで待っていてくれ」

そう言って、神林の前に置かれたのは、黒褐色の炭酸を注いだロンググラス。微《かす》かにライムが香るものの、アルコールはない。

「コークじゃねえか！」

「お酒は二十歳《はたち》になってから」

そう言って、西門は上着を羽織って店を出ていった。「いくらノンアルコールと言っても、さすがにガキ臭い」と、神林は一人ごちながらグラスを傾ける。

口に含んでみると、なるほど、アルコールはないがきちんとカクテルだ。コーク本来の甘さとは違うものが混じっている気がする。

「……なんだっけな。ノンアルコールアレンジだからカクテル名を当てても仕方ねえんだろうけど、〝キューバ・リブレ〟だったか」

「〝ラムコーク〟でしょ」

ひょっこりと、店の奥から椿が顔を出して、神林は思わずむせそうになった。

「っつ、椿さん。いたのか」

「うん、今日も一曲弾いたんだけど、少し体ダルくてね。なんだか、匋平くんのお客さんも来てたみたいだし、二階の部屋で大人しくしてた」

「体ダルいって……また根詰めてんのか？　西門のやつも心配してたし、ちゃんと寝ないとダメだろ」

「ちょっとね」

そう、椿は困ったような笑顔で返した。

思えばその時点で、微かな違和感はあった。

「それより……匋平くんのそのカクテル。たぶんノンアルコール・ラムコークのつもりじゃないかな、って思うの」

「ああ、ラムコークってか？　確かに甘さはそういう感じだけど、ノンアルコールカクテルでのアレンジなんて聞いたことねえよ。だいたいラム酒を使ってねえのにラムコークってのもな。どうしてそう思う？」

「匋平くん、ラムコークのカクテル言葉って知ってる？」

「……ああ」

カクテル言葉。花言葉のように、カクテルにもそういう物がある……椿に教わったのを思い出す。

ラムコークのカクテル言葉は〝貪欲にいこう〟だ。

「ちっ……だから、遠回しなんだよあいつ」

「内心、ギラギラしてるくせにね」

くす、と笑いながら、椿もカウンターにかける。

隣り合う形になって、神林は少し緊張を覚えた。

西門はそう遠くへは行っていないはずだが、まだ戻りそうにない。

一瞬、胸の奥にちくりと痛みが走る。妙な考えが浮かぶ前に、自分が自分を咎《とが》めようとする痛みだと、神林はわかっていた。

そんな神林の胸中を知ってか知らずか、椿は西門の話を続けた。

「だから良かったと思うよ、匋平くんがいてくれて。私じゃ、あの人に大きな夢は抱かせられなかったんじゃないかな」

「いや、もとはと言えば、椿さんのおかげだろ」

「私の？」

「ああ。椿さんが俺の音を〝特別だ〟って言ってくれた。才能があるって認めてくれたから、俺は自信をもって西門に向き合えたんだ……それに……」

その続きを言う事に、微かな躊躇《ためら》いがあった。

けれど神林はもう、今しかないと思った。

「俺、言ったよな。武雷管のライブを見た時……〝生まれて初めて、音楽を聴いて幸せになった〟って。あれ、少し間違いだ。昔の俺は、幸せってものの形が分からなくて、言葉にできなかったけど本当は……」

「……本当は？」

「……最初は、椿さんだよ！　あの日、椿さんのピアノが……雨の夜に聴いたあのピアノが、俺を救ってくれたんだ」

顔を見ては、言えなかった。

神林は、前髪で表情を隠すようにうつむいて、絞り出すようにそう口にした。ただピアノへの感動を、感謝を伝えるだけで、心臓《しんぞう》がクラブのスピーカーのように煩《うるさ》くて、血潮《ちしお》は焼けたように体中を巡っていた。

それは神林にとって、自分を許せるギリギリの形の——告白だったから。

椿は少しの間、夜の猫のような瞳をぱちぱちと瞬《まばた》かせ、それから穏やかに瞼《まぶた》を伏せて、笑いながら問うた。

「匈平くんは、もうピアノは弾かないの？」

「えっ……」

神林は、心臓を握りしめられたように感じた。

そのころ、ピアノには、もうずいぶん触っていなかった。

最後にピアノを弾いたのは、西門と椿の結婚式……二人を祝福するために、一曲を贈った。それ以来、神林はピアノと距離を置いていた。

それを神林は、青い恋心との決別だと思っていたから。

「匂平くんのピアノ、とても素敵だった。ああ、彼には私にはない才能があるんだなって、そう感じたもの。ピアニストにだってなれたと思う」

「……ありがとう。でも、今は西門とやるHIPHOPが、俺の音楽だからよ」

「それは素敵なこと。でもね……だからって、捨てなくていいものもあるんだよ。君のピアノは、君の音だから」

そう言って、椿は店の隅に置かれた、古いグランドピアノを見つめた。

椿が休みがちな間にも、万全に調律してあったピアノ。誰がやっていたのか、椿には分かっている。

「最新機器が弄れなくても、音楽は作れる。楽器は便利だよ。手書きの楽譜でも、直録《じかど》りの音でも、私の音源を使わなくても……音楽はもっと身近で、鼻歌のように気楽なの。ピアノは、きっと匂平くんと、直明さんを助けてくれる」

椿は席を立つと、客席の椅子《いす》を一つ引っ張って、ピアノの前に置いた。

「どんな形でも……音楽は、ヒトとヒトをつなぐと思うから。だから匂平くん、直明さんのこと、よろしくね」

「よろしくね、って――」

そして、椅子が二つならんだうちの片方へ腰《こし》かけると、椿は神林へと手招きする。

少し戸惑ってから、神林は椿の隣に腰を下ろした。

蓋を開くと、椿の白い指が、鍵盤の上を踊った。

知っているでしょう？　と囁《ささや》くように、椿は優しくピアノを弾く。神林が初めて椿と出会った日、バーに響いていた、あの曲。

少し間があって、恐る恐る神林は鍵盤に手を伸ばし、連弾を始めた。

優しいピアノの旋律が、静かなバーの中に満ちていく。同じリズムで叩かれる鍵盤が、和音を奏でて溶けていく。

不思議な感覚だった。言葉を交わすより、肌に触れるより、深く深く通じているようだった。同じ空気の震えの中で、同じ感動を分かち合っていた。

境界が曖昧になって、繋がっていく。心が裸になって、魂が溶けあっていく。

西門と二人、XXXXを結成したあの日。武雷管のライブで感じたあの感覚。それに等しいものが——それより愛しいものが、そこにある。

音楽は、ヒトとヒトをつなぐ。

椿の理想。椿の夢。その実感がここにある。

鍵盤をたどる運指のテンポで、椿の感情を感じる。受け取ったその旋律を、鍵盤越しに返す。椿の音を継ぐように、ひとつひとつの旋律を紐《ひも》解いて、神林自身の音にしていく。

簡単なことだったんだ。こんなに近くで、お互いを感じる。

やがて、椿の演奏がフェードアウトした。実際のところ、楽譜通りに弾いたその曲は、そこで終わるはずだった。

けれど神林は、自然と〝その続き〟を弾いていた。

そこから先は、神林だけの演奏だった。椿からバトンを受け取ったかのように、その先を続けるようなメロディを奏でていた。

その旋律を聴きながら、椿は満足そうに笑った。

「……――やっぱり、君の音は、素敵だね」

椿の呟きに、返事はなかった。

それくらい、神林は音に浸っていた。

メロディが次々に溢《あふ》れていく。奏でる中で色づいて、新しい音が無限に生まれていく。

いつまでも、いつまでも。

終わることなく弾き続けられる気がした。

その曲が永遠に続いていく気がした。

そしてその旋律が、最高潮の響きを――


「――え?」

神林が、呆《ほう》けたような声を出すまで、静寂が支配していた。

突然の不協和音で、その曲は終わった。鍵盤をいっぺんに、出《で》鱈目《たらめ》に叩きつけたような不快な音が、演奏を打ち切ってしまった。

何が起こったのか、理解に時間がかかった。

見えているものの意味を考えようと、頭が切り替わらなかった。

椿が——……鍵盤を塞ぐように、倒れていた。

何も頭に入らなかった。静かな店の風景も、糸が切れたような椿の体も。扉が開いたことにも気づかなくて、いつの間にか帰ってきた西門が、椿に駆けよってくるのがスローモーションで見えていた。椿の名前を呼ぶ声が、くぐもって聞こえていた。

急に、悪い夢に迷いこんだのかと思った。

だったら早く、覚めてくれと思った。

けれどそれは、むしろ現実の幕開け。夢の終わりの、始まりだった。

Paradox Live
Hidden Track
"MEMORY"

——治験に参加していたんだね。

「………うん、ごめんね。直明さん……匈平くんにも、迷惑かけちゃった……」

迷惑なんてことはない。ないんだよ。

でも、どうして――ファントメタルの治験なんて。

君がファントメタルを使っていただなんて、私は、気づかなくて……。

「……ゆめ、見られると思ったんだ……」

――夢？

「…………ファントメタル。幻影ライブ……可能性、ある……って……ヒトとヒト……音楽で、つなぐ……溶け合って……」

椿の夢は、素晴らしいよ。

でも、今は休もう。大丈夫。君の夢はまたゆっくり追えばいい。

「……直明さん……ごめんね……ごめん……」

いいんだ。謝らなくていいんだ、椿。もう喋らないで。

体を休めれば、元通りだ。また一緒に音楽の話ができる。

……できるんだろう？　落ち着いて治療しよう。退院したら、旅行に行こう。空気の良い山のコテージか何かを借りて、自然の音に浸るんだ。ピアノのあるところがいい。木の葉のたてるパーカッションで、リズムを刻もう。夜は私がカクテルを作るよ。月を見ながら乾杯しよう。それと、それと――……。

少し眠れば、きっと、全部元通りになるから。

「……ごめん……ね……」

謝るな！　大丈夫に決まってる！

メタルの侵食？　末期症状？　嘘だ。そんなの聞いたことがない！　何かの間違いに決まっているんだ！　椿が、椿が――……。

……――助からないなんて、嘘に決まっている。

「……」

そうだ、椿。匋平がね、凄《すご》い曲を作りそうなんだよ。まだ洗練されていないけれど、きっとあれがトラックとして完成すれば……海外でも通用する。間違いなく、世界を掴める、そういうものだ。なあ椿、匋平は約束通り、私の〝夜叉〟になってくれたよ。

ついに来たんだ、憧れだったものに、手が届くところまで。一緒に行こう！　君に見せるよ、私と匋平の夢が繋がった場所を……。

「……よう、へい……くん……」

そうだ、匋平だ！　私たちに夢を見せてくれた匋平だよ！　彼も君を心配している！

だから……見てくれ、椿。……笑ってくれ、椿。私たちはとうとう、次の〝夜叉〟と〝修羅〟に……武雷管に、追いついて――、

「…………」

椿……？

「……………………だれだっけ」

Paradox Live
Hidden Track
"MEMORY"

雲のない、よく晴れた日だった。

病院の傍《そば》には川が流れていて、川を横切る橋の上には、湿った風が吹いていた。

欄干に寄りかかって、神林は水の流れを眺めていた。

椿が倒れてから、一週間が経っていた。

最初は驚いたが、西門と神林が運んだ時には単なる貧血だと説明された。けれど、疲労の蓄積が目立つから、入院して療養させるとのことで、椿がかかっていたのはアルタートリガー社の出資している大きな病院なのだから、それは正しい処置なのだと思った。

それにしても、一週間というのは長引いている。神林の胸中にも不安が湧いていた。

だが、弱気はいけない。最初のうちは、神林も足しげく見舞いに行った。

しかし椿に「通い過ぎ」と叱られた。「人の心配ばかりしてないで、やるべきことやりなさい」と、ベッドに寝かされた椿は、そう言った。

椿が退院した時、しょぼくれた顔をしていては、きっとまた叱られる。

だから今日は、病室へ行った西門を待っている。西門もずいぶん椿を心配していた。無理もない。彼らは夫婦なのだ。西門と椿の時間を邪魔するのも本意ではなかったし、それ以来、神林は見舞いには行っていなかった。

せめて、帰ってきた西門を元気づけてやろう。

そのための手段は、神林のポケットに収まっている。

「おう、西門」

病院の方から歩いてきた西門に手を上げる。西門は、少し遅れて気づいたように、ゆっくり顔を上げた。

「――匋平。悪い、待たせたね」

「いや、いいよ。椿さんの様子はどうだった？」

「だいぶ無理をしていたから、体力は衰えているが……たぶん、近く、退院できるよ。気を遣ってくれて、ありがとう」

希望のある返事だが、ずいぶんと曖昧な内容だな、と神林は思った。

「……西門、お前も疲れた顔してんな。心配なのは分かるけど、お前まで倒れんじゃねえぞ？」

「そうかい？　自分では分からないけどね……」

無理からぬことだろう、と神林は思った。

西門は、ずっと椿の傍にいた。それが過労で倒れたとあれば、自分を責める。西門はそういう男だ……。神林はその時点では、その程度に考えていた。

だからせめて、元気づけてやろうと思ったのだ。

「なあ西門。お前に見せたいものがあるんだ。きっとお前の憂鬱を吹き飛ばしてくれる」

「……見せたいもの？　どうした、急に改まって」

「すげぇぞ。なんだと思う？」

少し勿体《もったい》つけて、神林はポケットから、一通の封筒を取り出した。

洒落た作りの封筒に、西門は見覚えがあった。西門のところにも、同じ封筒が届いていたからだ。だから驚いたのだが、神林はそれを勘違いした。

「海外からの招待状《インビ》だ！」

神林の声は、喜びに弾んでいた。

「武雷管が解散する前に出演した、アメリカのフェスがあっただろ？　そこのオーガナイザーが俺たちの音楽を聴いたらしくて、ぜひ幻影ライブをやって欲しいって！」

「…………」

西門は絶句した。

まさか——夢への切符が、こんな時に届くなんて。

「……西門？」

不思議そうな神林の声。西門のために〝夜叉〟になると言ってくれた相棒は、夢へのチケットをその手にして、西門へと手を伸ばしている。

かつて「俺と組め」と告げてくれた、在りし日と同じように。

でも、その手を取るには、あまりにも変わってしまった。

全てが、決定的に変わってしまっていた。

なぜ、今なんだ。なぜ、こんな時に叶ってしまうんだ。なぜ……今ここに、椿が居られないんだ。

西門は呪った。その瞬間に訪れた全ての運命を、幸も不幸も全てを呪った。千載一遇のチャンスがもたらす筈《はず》の歓喜は、ひび割れた西門の心には、痛みにしかならなかった。

「おい、どうしたんだよ。いい話じゃねえか！　これに出れば俺たちの名前も一気に広まる。そうすりゃ椿さんだって――」

「すまない」

反射的に、声が出ていた。

西門は自分の声を聞いて、自分で驚いた。考えるよりも早く、謝罪が口をついていた。

そして、その一言が西門自身にも、全てを悟らせてしまった。

「今の私には、無理だ」

その声が……西門自身の、心の折れる音だった。

Paradox Live
Hidden Track
"MEMORY"

川のせせらぎだけが響いていた。

橋の上で、神林は一人、じっと水の流れを眺めていた。西門が去ってから、どれほどの時間が経ったのか、もう覚えていなかった。

いくつもの「なぜだ?」が頭を巡った。

西門はどうしてしまったのか。もう、あの日の情熱はそこにないのか。或《あ》いは……椿の容体は、そこまで悪かったのか。どこで、何を間違えてしまったのか。

いずれにせよ、現実はそこにあった。

西門は去り、夢は終わった。

湿った風が、空っぽの胸を通り抜けていく。

「…………」

もう、そこにいる意味はない。

けれど神林は、ただ、橋の下を見つめ続けていた。どこまでも流れていく川の流れ、その先を見つめ続けていた。

川の流れは、いずれ海へ出て、遠い国へたどり着くのだろう。

けれど、神林たちの夢は、もう……。

「……――なあ、どうしてだよ、相棒」

思考とは関係なく、言葉が漏れた。

「俺たちの夢は、終わったのか。俺たちの音はもう、終わったのか」

綴《つづ》る。紡ぐ。言葉の羅列。

いつの間にか、神林の耳に川のせせらぎは届かなくなった。

代わりに……頭の中に、ピアノの音が響いていた。思い出の中でだけ、ずっと奏で続けられている、ピアノの音。椿がくれた、ピアノの音が、ずっとずっと響いていた。

「なあ、相棒。覚えてるか。どこへだって行けると思った、あの日のこと」

ぽつり、ぽつり、言葉を漏らす。

その言葉は、自然とリズムを刻む。神林の中に響くピアノをトラックにして、いつの間にかリズムに乗っていた。

「なあ、相棒。どうすればよかったんだ。俺たち、どこかで間違えたのか……？」

韻を踏むわけでもない。

激しく響くわけでもない。

ただ、溢れ続ける心が言葉になったら、それが波紋のように響いていく。

ポエトリー・リーディング。そう呼ばれるラップがある。

音楽の中で、ただ詞を読み上げていく、静かなラップ。意識していなかったが、神林の独白は、そういうものになっていた。

「なあ、相棒。返事してくれ。雨も降らない静かな街が、今は……とても、寒い」

神林はただ、向き合っていた。自分の中の悲しみに。自分の中に響くピアノの音に。

それは単なる独り言だったかもしれない。自分を慰めるための弱音だったかもしれない。

けれど、雄々しく歌い上げるだけがHIPHOPではない。

悲しみもまた、ラップになる。

「――お兄さん、泣いてるの？」

「……っ」

子供の声が聞こえて、神林は我に返った。

いつの間にか、傍らに子供が立っていた。患者衣に身を包んだ少年だった。色の白い痩せた体で、ぼさぼさの髪が伸び放題になっている。

どこから来たのか。まさか、椿のいる病院から抜け出してきたのか。一瞬で様々な疑問が神林の頭を巡ったが、まず、神林は目元を拭った。

「……どうした坊主《ぼうず》。お前、どっから来たんだ」

「遠くからだよ。ずっと遠くから」

神林は、少年の靴がボロボロであることに気が付いた。

「遠くから。会いたい人に会いに来たんだ」

「友達でも捜してんのか？」

「ともだち？」

少年は〝ともだち〟という単語を初めて聞いたかのように、おぼつかない発音で繰り返した。それだけで、神林はその子が何か、世間から隔絶されたような、特殊な事情を抱えていることを察した。

「ちがうよ。僕、お兄さんを捜してるの」

「お兄さんって、俺を？」

「ううん。そうじゃなくて……別のひと〝おせわのお兄さん〟を捜してるの。僕に優しくしてくれたお兄さん。同じ、しせつ？　に居たんだけど、いなくなっちゃったから」

施設という単語を聞いて、神林はおぼろげながら、少年の境遇を理解した。自分の過去にも重なったからだ。

ロクでもない施設から、懐いていた〝おせわのお兄さん〟とやらが居なくなって、自分も脱走して捜しに来た……たぶん、そんなところだろうと解釈した。

「……そうか。お前、施設にいるのか。嫌だよな、あそこは」

「うん、みんな嫌なことするよ。でもおせわのお兄さんだけ、優しくしてくれた。いなくなっちゃって寂しかったから、おせわのお兄さんに会いに来たんだ」

「……だったらその〝おせわのお兄さん〟とやらを捜さないとだろ。俺に構ってる暇なんか、ないんじゃねえか」

普段の神林なら、もう少し少年の事情に踏みこんだかもしれない。しかしその余裕が、その時の神林にはなかった。突き放すような言葉を選んだ神林は、自己嫌悪を感じてうつむいていた。

けれど少年の言葉が、神林の顔を上げさせた。

「でも、歌が聴こえたから」

「歌？」

「うん。だって今、お兄さん歌ってたよね」

「…………俺が？」

「うん」

少年に言われて、初めて気が付いた。

自分の言葉が歌になっていたこと。ラップになっていたことに。

そして、結局……こんな失意の底でも、西門がいなくなっても、自分はラップを捨てられないのだと、神林は気付かされた。

「それにね――」

驚く神林に、少年は続けた。

「――ピアノも聴こえたの」

「……ピアノ、だって？」

「うん、昔、おせわのお兄さんが聴かせてくれたの。綺麗な音が出るやつ、あれピアノっていうんだよね。ふしぎなんだ。お兄さんが歌ってると……少しだけ、歌のむこうで、ピアノが聴こえたんだ」

「……」

「……お兄さん？」

「……………お兄さん、泣いてるの？　どこか、痛い？」

「……ああ。……ああっ……！　胸が、少しな……」

神林は、目頭《めがしら》の熱さを止められなかった。胸の奥から、一気に想《おも》いが溢れて、それがいくつもの涙となって、頬を伝っていた。

気づかされた。

音楽は、神林の中に響き続けている。ずっと、ずっと、響き続けている。

たとえ西門が去っても、夢への道が途切れても、かつて響いた音は消えることなく、かつて抱いた夢も褪《あ》せることなく、ずっと神林の中にある。

「ねえ、大丈夫……？」

心配そうに、少年が神林の方を見る。

その次の瞬間――、

「――あっ、お兄さんだ！」

そう言って、少年は神林の背後へと駆けだした。

神林が、涙で滲んだ視線で少年を追うと……その先に、白衣を着た若い男の姿があった。

男は驚いた顔で少年を見ると、震えた手で、少年をきつく抱きしめた。

おそらくは、彼が〝おせわのお兄さん〟なのだろう。

……それは、奇跡に近い確率だったのではないか。

とても世間のことなど知らなそうな少年が、患者衣のまま駆けずり回って、当てもなく人を捜して……たまたま、この橋の上で、捜していた〝お兄さん〟と出会えるものだろうか。

偶然、神林がこの橋にいなかったら。偶然、神林が口ずさんだ歌が、少年を引き寄せなかったら。この奇跡は、きっと起きなかった。

〝おせわのお兄さん〟は神林に気づくと、しばし考えた様子の後に、静かに頭を下げた。

少年もまた、神林に手を振っていた。

「……坊主、これからどうするんだ」

「お迎えの人が来ると思うから……それまでは、おせわのお兄さんと一緒にいる」

……少年は、きっと施設に戻されるのだろう。

少年の言葉と、〝おせわのお兄さん〟の表情を見て、神林はそう思った。

この奇跡は、今しか続かない。線香花火のように儚《はかな》いきらめきに違いない。

それでもこの瞬間、少年の求めた縁は、少年の求めた形で、再び繋がれた。

歌と、ピアノの奏でる音楽を、拠《よ》り所にして。

「……なんだよ。……やっぱり、椿さんの言った通りじゃねえか」

涙で濡れる頰を持ち上げて、神林は笑う。

そして、歩き出した。

去り行く神林へと、少年は声を上げた。

「……ありがとう、ピアノのお兄さん！　……ピアノのお兄さんにも、また会えるかな」

神林は、少年の声を背に受けながら歩く。

そして、ゆるく手を振って返事をした。

「ああ、また会えるさ。俺がこれからも、ずっと音楽を続けていく限り」

それは確信だった。

答える神林の中に、もう迷いはなかった。

「音楽は……――ヒトとヒトを、つなぐんだからよ」

病室には、ピアノの音が流れていた。

西門が、何か欲しい物は無いかと尋ねると、椿は「音楽が聴きたい」と答えた。

病室でプレーヤーを使って良いものかと聞けば、「個室ですから」と、医師が許可を出した。その対応が、せめてもの特別扱いのようで、西門を苦しめた。

傾きだした陽《ひ》に照らされた、二人きりの病室。ゆったりとしたピアノの音が、茜色《あかねいろ》に染まった壁に響いている。穏やかに横たわる椿の傍らに、うつむく西門の姿があった。

四分の四拍子で、椿との時間が流れていく。

一小節、一拍ずつ、椿との時間が過ぎていく。

ピアノを弾くために生まれたような、白く長い指を持つその腕は、針で管に繋がれて、なんらかの気休めのような薬剤が、絶えず注入されていた。

「……後悔は、してないよ」

人工呼吸器に覆われた唇で、椿はそう呟いた。先刻に比べれば、幾分か容体は落ち着いていて、回復の希望はあるのではないか、と思わせるように、はっきりと喋った。

けれど、ところどころ変色した肌に繋がれた機材は、いかに騙《だま》し騙しその命を繋いでいるのかを、痛いほどに西門へ教えていた。何か、かなりの量の薬剤が投与された。そんな化学物質が椿の体を巡って、仮初《かりそめ》の正気を保たせていた。

時折、医師が訪れて、椿に繋いだ機材を弄り、何か熱心に数値をメモしていく。椿は助からないと告げたその口で「ご安静に」と言って去っていく。

患者の命を慈しむのではなく「この際だから良いデータを取ろう」という態度が透けて見えて、そのたびに西門は、頭のどこかが狂いそうになる。

けれど、それでも椿は、言うのだ。「後悔はしていない」と。

「ヒトとヒトを……つなぐ、音楽。メタルには、そういう力があった。私の研究協力は、たぶん………役に立ったと思う……」

椿の協力した研究の成果もあるのか、幻影ライブの質は年々向上している。この病院で取られたデータも、将来はメタルの侵食抑制技術に活《い》かされるらしい。

それは間違いなく、幻影ライブを、ヒトとヒトをつなぐ音楽を、さらに未来へと進めていくことだろう。

だからって——、それが、なんだというのか。

ピアノの音が耳に障る。穏やかなメロディが神経を逆撫《さかな》でる。

椿があれほど愛した音楽は、椿の命を救ってはくれない。椿がこれほど身を捧げた研究成果は、椿の命を救ってはくれない。

「……悲しいのはね。……思い出が、少しずつこぼれていくこと」

西門は、返事ができなかった。

口を開いたら、泣きだしてしまいそうだったから。けれど、椿の言葉がどこへ向かおうとしているのかは、理解していた。

「……出会った時のこととか、初めてのデートとか……結婚式のこととか、ちょっとずつ、ちょっとずつ、滲むみたいにこぼれていく。…………ピアノを弾いてくれた、あの子のことも、名前も思い出せなくて……」

こんな姿を、神林に見せるわけにはいかない。彼との夢を、一方的に終わらせたのは西門だ。最後まで、自分が終わらせなければならない。西門はそう思っていた。

「だから……ごめんね、わがまま言って…………」

「良いよ、椿。分かってる」

口を開いたら、やっぱり涙が出た。

涙に湿った、震えた声で、椿の名前を呼びながら、その手を握った。腕には、太い針が痛々しく食いこんでいる。椿は、眉を八の字にしながら微笑んだ。声がきちんと伝わるように、西門は椿の人工呼吸器を、ウエディングドレスのヴェールをめくるように、優しく外してやった。

椿の青い唇が言葉を紡ぎ、ピアノの音の中へ溶けていく。

「…………一番大事な物だけは、なくしたくないから」

それが椿の最期の願いであることを、西門は分かっていた。

だから、せめて……せめて、思い出を亡くすばかりでは、悲しすぎるから。

「……ありがとう、直明さん」

重ねた唇は、冷たかった。

「…………また、ピアノ……弾くから、ね………」

「ああ。…………………………──お休み、椿」

鍵盤を叩くように優しく、西門は、生命維持装置のスイッチを切った。

その日、西門は全てのスイッチを切った。

情熱も、愛情も、友情も、夢も。ありとあらゆるもののスイッチを切った。

そして、神林が椿の死を知らされたその時に……西門は、一方的にXXXXの解散を告げたのだった。それが西門にとっての、最後のけじめのはずだった。

Paradox Live
Hidden Track
"MEMORY"

それから、二年の時があっという間に流れた。

その日も、雨が降っていた。

人の声も、ビルの明かりも滲ませるように、雨音が夜を包んでいた。

街はまるで喪に服したように静まっていて、外を歩くのがどこか罪深く思えるような、そんな雨降りの夜だった。

そういう濡れたアスファルトの道を、西門は独りで歩いていた。

椿の死から、XXXXの終わりから、西門はずっと独りで歩いていた。

あれから西門は、とにかく言語学の研究に打ちこんだ。音楽を捨て、Bar4/7からも距離を置いた後は、それしか残っていなかったからだ。

周囲からすれば鬼気迫るといった調子で、院でも指折りの秀才と呼ばれた。

学問のこと以外はずいぶんと無頓着で、酒に溺《おぼ》れながら研究だけに没頭する生活が続いていたが、それが余計に、周囲からの「研究の鬼」という印象を際立たせ、一目置かれる存在となっていた。

やがて西門は博士号を取得し、院を修了する目処《めど》を立てた。

院の仲間たちは、西門の出した結果を盛大に祝福した。「院の誇りだ」とはやし立て、西門を祝うために酒宴を開いた。

西門は、振舞われる酒を浴びるように飲んだ。飲んで、飲んで、飲み続けた。

院の誇り。西門博士。

得られた勲章はどれも、西門が心から欲しかったものではなかった。

「……残ったのは、こんな物だけか」

酒に溺れることは日常茶飯事だったが、その日は特に飲んだ。頭がくらくらと揺れて、心臓が脈打つたびに痛んだ。

どこへ向かっているのかも分からない、ふらふらした足取りで夜道を歩いた。どこへたどり着いたって構わなかった。行きたい場所など、今の西門にはなかった。ただ、雨に打たれていたい気分だったのだ。

けれど……不思議とその足は、懐かしい道へと進んでいた。

「……私としたことが……」

西門は、濡れた前髪の奥で、自嘲気味に笑った。

見慣れた景色だった。その道を真っすぐ進んでいけば、やがて懐かしの、Bar4/7にたどり着く。

だが今更訪れたところで、なんだというのか。

Bar4/7は、年老いたオーナーと、西門と、椿だけで営んでいた店。もう残っているわけがないのだ。西門は、あの店を見捨てたのだから。

「だが……それも良いか」

どうせなら、あの店があった場所を、見に行こう。

そして、本当に何もなくなったことを確かめよう。

あのころの全てを手放したこと、何一つとして守れなかったこと……全てが終わったことを、もう一度目の当たりにしよう。

そして。そこまで考えて……。

「…………？」

雨に、別の音が混じった気がした。

西門は耳を澄ませた。その音が、なぜか懐かしかったからだ。

少しして、西門はそれが、何の音だったか気づき、目を見開いた。

「…………ピアノの、音」

間もなく、西門は雨の中を駆けだしていた。

道を行くにつれて、音は鮮明に聞こえてきた。その旋律に誘われるように、西門は走った。走らずにはいられなかった。

それは、椿のピアノの音だったから。

「……バカな……」

はたして――その店は、そこにあった。

Bar4/7。

潰れたと思っていたはずのその店は、何も変わらず、残っていた。

夢でも見ているのか。雨に冷えた体が見せた幻覚なのか。震えながら、西門はバーの扉に手をかけた。寄りかかる様に、重い扉を押し開いた。

そこには――……。

「……椿？」

一瞬、確かにそう見えた。

バーの隅にある椅子に腰かけて、ピアノを奏でるその姿が、指先を繊細に踊らせて、鍵盤で奏でるその音が、あまりにも同じだったから。

西門が瞬きすると、椿の姿は幻影のように消えた。

ピアノを弾いていたのは、かつて亡くした愛しい人ではなかった。

けれど――……。

「おせえよ、相棒」

かつて別れた最高の相棒が、そこにいた。

「……匂平、どうして……。それに、この店……」

「バーカ、決まってんだろ」

何も、終わっていなかった。彼が、終わらせていなかった。

Bar4/7は、そこにあった。相棒は、ずっと待っていた。

そして、

「音楽は、ヒトとヒトをつなぐんだよ」

椿の音は、ずっと続いていた。

「…………っ」

涙で前が見えなくて、西門は必死に手を伸ばした。神林は迷うことなく、その手をもう一度摑んだ。

西門の胸の奥で、椿の声が聞こえていた。

——また、ピアノ弾くからね。

「……約束、守ってくれたんだな」

「なんだって?」

「…………なんでもない」

それからは、西門の心に、音楽が響いていた。

いつまでも、いつまでも——響いていた。

Paradox Live
Hidden Track
"MEMORY"

——そして。Paradox Liveが終わった今も、音楽は響き続けている。

あの日、西門が捨てたはずの音楽を、神林が拾って大事にし続けてきた。そのおかげで、Bar4/7は今もここにある。

「ありがとう、旬平」

「なんだよ、藪《やぶ》から棒に」

「言いたくなったんだよ。今、まだこの店で、雨の音を聴いていると思うとね」

「……ふん、そうかい」

やがて、雨音の向こうから足音が聞こえてきた。案の定、濡れネズミになった四季を、西門が笑って、神林が唸《うな》って出迎えた。

「すみません、遅くなっちゃいました……！」

「大丈夫だよ。今日は雨で、まだお客さんも来ていないからね」

「あーあー、良いからとりあえず拭け。風邪《かぜ》ひいたらどうする」

やいのやいのと、しばらく静かだったバーの中に、賑《にぎ》やかさが戻ってくる。

「あれ？　リュウくん寝ちゃったんですか？」

「ん？　おー、マジだ。よっぽど暇だったんだろ……しょうがねーやつだな」

四季にタオルを渡した神林は、部屋からブランケットを持ってくると、とりあえずリュウに被《かぶ》せてやった。

「こいつ、一度寝ると下手《へた》したら数日は起きねーからな……」

「でも、凄く気持ちよさそうに寝てますよ……」

「何かいい夢でも見ているのかもしれないね、リュウも」

「リュウのやつ、どんな夢見るんだろうな」

「前は寝言で、〝メカしっきー出撃！〟とか言ってましたけど……」

リュウの寝顔を囲んで眺めながら、なんとも呑気《のんき》な会話が交わされる。ああ、平和だな。そういうふうに、そこに居る誰もが思っている。

そんな平和の中で、リュウはやはり、夢を見ていた。

誰の記憶なのか、いつの記憶なのかは、リュウにも分からない。けれど夢の中には、いくつかの鮮明な幻影が浮かんでいた。

痛く苦しいことばかりの、どこかの施設。唯一優しくしてくれた人。ある日、いなくなってしまったその人を捜し、施設を抜け出した探検の旅。疲れ果ててたどり着いた、悲しいせせらぎを奏でる川。橋の上、悲しい歌を歌う、優しいお兄さん。それから、それから、色んな事があって、色んな事がぐちゃぐちゃになって――メガネの優しい人に拾われて、見たことのあるお兄さんと出会って、それから、しっきーが――。

いくつかのチャンネルがランダムに切り替わる様に、どこまでが現実か、どこまでが夢かもわからない記憶の中で、リュウはまどろみ続けた。

けれど、夢の中でただ一つ、たぶん確かなものがあった。

「――音楽は、ヒトとヒトをつなぐよ」

「「「え？」」」

リュウの寝言に、三人は同時に顔を見合わせた。

それから少し間があって——自然と、笑っていた。

優しい雨は思い出を湛《たた》えて、まだ降り続けていた。まるでずっとずっと鳴り続ける、穏やかなピアノの音のように。

Be
Rewarding
One.

Paradox Live

Hidden Track "MEMORY"

澄んだ風が吹いていた。

廃ビルの屋上。埃《ほこり》まみれのスラム街とは思えないほどクリアな空気の中で、三人の少年が、青空を急ぐ雲を見つめていた。

「本当、良い風が吹くんだな、ここ」

ぽつりと漏らす珂波汰《かなた》に、四季《しき》が頷《うなず》いた。

「うん。僕もここの空気が好きだった。もっと早く思い出して、もっとここに来ていればよかった」

四季の視線が隣に移る。それにつられて、珂波汰も視線を向けた。

そこには、那由汰《なゆた》の姿があった。珂波汰が生み出したファントメタルの幻影ではない、正真正銘、本物の那由汰の姿が。

「やっぱ良いよなぁー、ここ。色々あったのが全部吹っ飛んでくみたいだ。つっても俺は、ほとんどベッドの上で寝てただけだけど……お前らは本当に、色々あったんだろ？」

「……うん、色々あった」

那由汰の問いかけに、四季は噛《か》みしめるように頷いた。

メタルの侵食の末期症状を起こした那由汰を助けられず、ふさぎこんでいたこと。西門《さいもん》に拾われ、The Cat's Whiskers《ザ・キャッツ ウィスカーズ》としてParadox Live《パラドックス ライブ》に参加したこと。珂波汰の作り出した那由汰の幻影との邂逅《かいこう》、動揺し、自分を責めながらも、西門に、神林《かんばやし》に、リュウに支えられて過去と向き合ったこと。

「僕は弱かった。ずっとずっと逃げていた。でも、そんな僕を支えて、繋《つな》がってくれる人たちが居たから、ラップを続けて来れた。そして……やっと、那由汰くんと再会できた」

「俺も、色々あった」

空を見つめながら、珂波汰も記憶をたどった。

「自分で思い出しても、腐ってたよ。最初、BAE《ベイ》のSUZAKU《スザク》には、ダセー絡み方したな。自分で作った幻影の那由汰にまで叱《しか》られて……俺は那由汰が居ない時でも、那由汰に助けられてた。いや……強がってたけど、正直、色んなモンに頼って生きてきたんだろうな」

バカみたいに熱く真っすぐに、音楽と情熱でぶつかってきたBAEの連中、遠回しに珂波汰の記憶を取り戻す手助けをしていた依織《いおり》や、馴《な》れ馴れしいくらいの明るさで支えようとした善《ぜん》たち、悪漢奴等《あかんやつら》の面々、そして――……。

「そんで、四季。那由汰と友達になってくれたお前にも、たぶん俺は助けられてたんだろ」

「僕は……何もしてないよ」

四季の声に、以前のように自分を卑下する響きはない。

それをわかって、珂波汰も小さく微笑《ほほえ》む。

「あーあ、二人とも、俺が寝てる間に、なんか大きくなったよな」

なんて言いながら、那由汰は口を尖《とが》らせる。

苦笑する二人に、わざとらしくジト目を向けて見せる那由汰。

「でも、本当に良かった。那由汰くんが帰ってきてくれて」

「ああ。マジで……優勝したことよりも、たんまり頂いた賞金よりも、かけがえのないもんを手に入れた。ありがとな、那由汰。俺の前に、帰ってきてくれて」

「よせよ。それこそ寝てる間の俺は、何もしてないし、何もできてなかったんだし……まあ、でも……」

那由汰は目を細めて、屋上の手摺《てすり》から下を覗《のぞ》きこんだ。

かつてのことを思い出して、四季が息を呑《の》む。「大丈夫だよ」と、那由汰は申し訳なさそうに笑いながら呟《つぶや》いた。

「俺が……、本物の俺が参加できなかったのは、もしかしたら罰だったのかもな。珂波汰に心配かけて、四季を泣かせた。あの時の俺はきっと、一人で勝手に、一番選んじゃいけない道を選んじまってたから」

「……那由汰……」

那由汰の背中を見つめて、珂波汰が呟く。そんな声に、那由汰は眉《まゆ》を下げた笑顔で振り向いて、語る。

「なあ二人とも、聞いてくれるか。俺が二人を苦しめちまった……あのころの話」

那由汰が向き合う。視線の先には、自分の半身。そして、友の下げる、懺悔《ざんげ》のロザリオ。

ぽつぽつと、那由汰が過去のことを語りだす。珂波汰が知らなかったこと、そして四季が知らなかったこと。那由汰だけが知っていた、あのころの全て。

「あのころ、俺は——」

風の中で、懺悔が始まった。

Paradox Live
Hidden Track
"MEMORY"

そう——ことの始まりは、埃まみれの裏路地。

あの夜、息を切らした那由汰の手を、珂波汰が必死に引っ張って駆けていた。

「——待てやぁ！　ガキ共、逃がさねえぞぉ！」

品のない声が、背後から響いてきた。

振り返った那由汰の瞳に、何人かの男たちが映った。手には錆《さ》びた鉄パイプのようなものを握っていて、見るからに物騒だ。

行き止まりに当たったら不味《まず》いな、なんて思った瞬間、珂波汰が声を上げた。まるで那由汰の頭の中が分かっているようだった。

「大丈夫、あいつら図体《ずうたい》でかいからよ。この道はついてこれねえよ」

「分かってる、心配してないって。珂波汰と一緒だから」

「ハッ……そうだな！　那由汰と一緒だから」

「「二人でいれば、最強だ」」

息を合わせて、建物の隙間へ飛びこんだ。

細い二人だからこそ使えた抜け道。暗い夜のスラムでは、大人の目からは消えたように見える。

隙間の奥まで入りこみ、身を寄せ合って息をひそめた。

緊張に震えた那由汰の手を、珂波汰がぎゅっと握りしめる。力いっぱい握り返すと、二人で支え合うように震えが止まった。

やがて、男たちの足音が、遠くへと通り過ぎていく。怒声が聞こえなくなってから、ようやく二人、溜息《ためいき》をついた。


「……——ん」

いつの間にか、気が付くと、見慣れた天井を見上げていた。

安アパートの中は、まだ暗闇に包まれていた。たぶん日付が変わって、一時間か二時間といったところ。闇の中で見上げても分かるくらいにボロ屋だが、それでも那由汰は「俺たちの家だ」という安堵《あんど》に溜息をついた。

「っつ……」

布団《ふとん》の中で身じろぎすると、ピリッとした痛みが頬《ほお》に走った。

それをきっかけに、那由汰はその晩のことを思い出した。幻影ライブのラップイベント。優勝し、賞金を頂いて帰る途中、参加者とその取り巻きに襲われた。

「那由汰、痛むのか?」

すぐ隣から声がした。

寝返りを打つように顔を向けると、間近に珂波汰の顔があった。暗闇の中でも目を凝らせば、心配そうに下がる眉が見えた。

「少しな。殴ってきたやつ、バカみてぇに指輪つけてたから」

「あの野郎……」

狼《おおかみ》が低く唸《うな》るような、珂波汰の声が響く。

けれどすぐに、間近で伝わる空気は優しくなって、伸ばされた珂波汰の手が、那由汰の頬を包んだ。掌《てのひら》の温度が心地よくて、那由汰はその手に自分の手を重ねた。

一組の狭い布団の中、お互いの存在を確かめ合うように触れた。

額《ひたい》を合わせ、吐息の混じる距離で、ヒソヒソ内緒話をするように声を出す。なんのことはなくて、直《す》ぐ近くのお互いにだけ伝わればいいと思っているからだ。ガキでも住みつけるスラムのアパートなんて、ちゃちな造りだ。それでも、どこか暖かかった。

「あいつら、ほんっとクソダセぇよな。バトルで負けて、ガキに因縁つけて殴ってくるとか。どうしたってガキのラップに負けたのは変わらねえっつーの」

悪態をつく那由汰に、珂波汰も頷く。

「俺がディスったの図星だったんだろ。〝ストリート育ちです〟みたいなツラして、街のボンボンじゃねえか。親の金で買ったアクセじゃらじゃらつけて、ぬくぬくした家の中で、浅い音楽やってんだ。逆立ちしてたって負けねえよ」

くすくすと、笑い声が布団の中に響く。

光も射さない静かな部屋で、たった二人。声を重ねて、指を手繰って、二人で一つ。双子だけが感じあえる、同じ血と、声と、熱を分かち合う安心感。まるで世界に、二人以外は何もいないような感じ。そういう時間、二人は自分たちが無敵に思える。

ひとしきり笑ったあと、那由汰は穏やかに目を閉じて呟いた。

「あー……寒いし、腹減るし、周りの連中クソばっかだけど……それでも、施設にいたころよりは、ずっと自由だ」

「ああ、そうだな。あそこは……いや、あの施設だけじゃない。今までの俺たち、クソなんてもんじゃなかった」

乾いた声で、珂波汰も応えた。

スラムの娼婦《しょうふ》が、誰の種かもわからず産んだ双子。

親子の愛情なんてなかった。嫌なことがあると腹いせのようにぶたれて、嫌なことがなくたって意味もなくぶたれた。「ガキ付きじゃ男も寄り付かない。飯代もかかる。堕《お》ろせたらどんなに良かったか――」それがあの女の口癖だった。

「それに比べたら、今はたまにラーメン食えるもんな。最初食った時ヤバかったな……あんな美味《うま》いもん、この世にあんのかって」

「珂波汰、ほんとラーメン好きな」

「那由汰もギョーザ好きじゃん。あとハンバーガー」

「ハンバーガーだけは、あの女もたまに買ってきたよな。冷たかったけど」

「施設じゃアレすら食えなかったもんな」

母親とも呼べない女と暮らし続けていたある日、頼んでもないのに助けが来た。

スーツ姿の大人たちが、国のナントカって政策に従って、女の元から双子を連れ出し、孤児を養う施設へ入れた。だが、あの女との日々が最悪だったら、施設での日々はその次に悪かった。

乾いたパンと味のないスープ、野菜くずの載った皿。痩せこけて鬱々とした施設の子供たち。ロクに仕事もせず、子供が騒ぐと蹴り飛ばす大人たち。

どこも、自分たちの居場所じゃなかった。大人なんてクソばっかだった。自分たちがこの世に産まれたことを、誰一人歓迎していなかった。

それに比べたら、二人だけでいられる小さなアパートの一室は、遥《はる》かに幸せだ。

「……珂波汰」

那由汰が珂波汰の手を握りしめる。笑いながら、珂波汰も握り返す。

温かい。柔らかい。血が通う。ここに在る。

「俺たち、ずっと一緒だよな」

「当たり前だろ。ずっと一緒だ」

閉じた幸せ。穏やかな世界。

そのころの二人はまだ、時間が止まったような、優しい停滞の中にいた。

Paradox Live
Hidden Track
"MEMORY"

目を覚ますと珂波汰がいなかった。

カーテンは閉まったままで、那由汰は隙間から射しこむ太陽の光に顔をしかめながら起き上がった。もうずいぶん明るかった。

すっかり昼になってしまったようで、枕元に「少し出かけてくる」と書置きがあった。

――近頃、どうも珂波汰は一人で出かけることが多いな。

そういう疑問が那由汰にはあった。珂波汰に聞いても、妙にはぐらかされるばかりで不満だったが、ラップをやるために家の中に増えた機材や、新しい物になった裁縫道具は、うっすらと疑問の答えになっていた。

秘密でバイトでもしているとして、それにしたって水臭い話じゃねーか。そう口を尖らせてみる那由汰だったが、実際、生活水準が上がっているのはありがたい話なので、文句も言いづらかった。

「……ま、隠し事に関しちゃ、今は俺も人のことは言えねーか」

乾いたパンの耳をかじって、那由汰も家を出た。砂糖でもあれば、ラスクと言い張れたかもしれない。

さて、その日は那由汰のほうはバイトの用事がなかった。

暇だし、珂波汰に新しいステージ衣装でも見繕ってあげたい――その半分以上は自分がおしゃれな珂波汰を見たいだけなのだが――と考えた那由汰は、節約のためにスラムと街の境目あたりを目指して出かけた。どうやら近隣にちゃらんぽらんな散財オヤジが住んでいるらしく、まだ使えそうな古着がごっそり捨ててあることがあった。

拾ってきただけでは丈が合わないので、多少詰めてリメイクするのが那由汰の楽しみだった。これは非常に経済的だ。「じゃあそれだけで服が賄えるんじゃねえの？」と珂波汰に問われたことがあったが、やっぱり新品もないと華がない。

施設を出て、ある程度自由に〝服を着飾る〟ことを覚えた時、那由汰は「珂波汰ってなんてオシャレが似合うんだ！」と、それはもう感動したものだ。こればっかりは人生かけて楽しんでいきたいと思っていた。

「――あ？」

ところが、うきうきした気持ちで路地を曲がると、何か物騒な光景に出くわした。

「ケンカ、っていうには……一方的だな」

どちらかと言えば、カツアゲに見えた。体の大きい、いかにもガラの悪そうなチンピラが、やけにナヨっとした少年の胸倉を摑《つか》みあげていた。

絡まれているほうの少年は、見るからにお上品な服装で、スラムには似つかわしくない風貌だった。くせ毛がかった栗色《くりいろ》の髪で、体は細いが、珂波汰や那由汰とは違って、単純にナヨナヨしているように見えた。

「場違い坊ちゃんが迷いこんでカモられたってとこか？　自業自得だろ。あんなのに因縁つけるほうもダセーけど……」

溜息をついて通り過ぎようとした那由汰だったが――絡んでいるチンピラの顔に見覚え

があった。

「……あいつ」

かすかに頬が痛んだ。

それは那由汰たちに因縁をつけてきたラッパーたちのリーダーで、那由汰を殴りつけた張本人だった。

そう気づくと、ふつふつと怒りが湧いてきた。せっかく珂波汰と二人、勝利に浸っていい気分で帰るところを台無しにされたのだ。本当なら帰り道、雷麵亭《らいめんてい》のラーメンにギョーザをつけて、二人でお祝いするつもりだったのに。

――今、スキだらけだな、こいつ。

そう気づいてからは早かった。那由汰はなるべく足音を立てずに物陰から近づくと、チンピラの股間《こかん》めがけて、後ろから思いっきり蹴り上げた。

「――ぎゃうんッ！」

かなり汚い悲鳴が聞こえて、心地よかった。チンピラが生まれたての子鹿のように震えながら倒れると、かなりスカっとした。

「ダセー真似《まね》ばっかすっからだよ、クソが」

おまけに唾《つば》も吐いてやった。なるほど、珂波汰に頼らず一人でケンカしたのは珍しいが、これは気持ちいい。相手が嫌な大人だと最高だ。

爽やかな気持ちでその場を後にした。サッカーでシュートを決める時くらいに蹴ってやったから、しばらく動けやしないだろう。路地を一つか二つ抜けて、お目当ての場所にたどり着いた。すると、やっぱり古着がたんまり捨ててあって——。

「あの！」

背後から声をかけられて、那由汰はビクっと肩を震わせた。

「……なんだ、お前かよ」

そこには、先ほど絡まれていた少年が立っていた。

汗をかいて、息を切らしていた。走って追ってきたらしい。

「なんだよお前。このへんウロついてると、お前みてーなの、またカモられんぞ」

「いやっ、あの……」

「……落ち着いて話せよ。どんだけ焦ってきたんだよ」

「お、れっ……おれっ……」

「俺？」

「違います、僕…………お礼が言いたくて…………」

「……はぁ？」

お礼。感謝。そんなもの、那由汰にとっては珂波汰との間にしか存在しない概念で、だから正直、ポカンとした。

「いや、別にお前助けたわけじゃねーし。たまたま俺がムカつくやつだったから」

「でも、僕は助かったから。ちゃんと、お礼が言いたくて」

「はぁ～……？」

なんだこいつ。ていうか正直怖い。知らない生き物だ、と那由汰は一瞬で理解した。お人好《よ》しとかそういう概念とは、その時初めて触れ合った。

「だから、別にいいって。俺これからこの古着運んで帰りてーから、とっとと消えてくれ」

「古着？　それ全部？」

「悪《わり》ぃかよ」

「じゃ、じゃあ、それ僕に手伝わせてくれないかな！　運ぶの！」

「はぁ？　なんでてめーが？」

「だから、お礼をさせてほしいんだよ」

「そんな話を信用できっか、バカ」

那由汰はすぐに警戒した。一瞬で「家を突き止めて盗みに入るつもりか？」とか「あとで因縁つけて金をせびるつもりか？」とか、いくつもの疑問が頭に浮かんだ。

しかしその少年は、悪だくみなど生まれつき不可能だとでも言わんばかりの、くしゃくしゃの顔で、お礼がしたい、と同じことを繰り返す。

「だって……本当に……本当に助かったから。助けてもらって嬉《うれ》しかったから、今度は僕が助けてあげたくて……！」

「あのな。本心から、そんな子供向けの絵本みてーなセリフ吐く奴《やつ》は、この世にいねーんだよ。何企《たくら》んでんのか知らねーけど帰んな」

「そ、そんな……」

「どうしても手伝いたいなら、お前が一人で運べよ。この量を全部だ」

土台無理な話を、那由汰は提案した。ポリ袋に詰められた古着はけっこうな量だ。選んで持っていくならまだしも、少年の体格で全部丸ごと運ぶのは無茶だ。つまりは見え見えの意地悪だった。

の、だが――。

「うん、わかった。任せて！　……よい、しょ……」

「あ？　ちょ、おま。バカ！　無理だって！」

言うが早いか、少年は透明ポリ袋に詰めて放棄された古着の山を持ち上げていた。

ところが、レザー製品も含めてもっさり詰まった袋はやっぱりけっこうな重さで、貧弱そうな少年はやっぱりイメージ通りによろけていた。

「うわわわわ……あ～……あっ、あああ……」

「うわーっ！　このバカ何やってんだ！」

思わず、那由汰はよろける少年の後ろに回って、袋を支える形になってしまった。普段は自分がふらついて珂波汰に助けられることばかりなので、これはまったく新鮮な体験だったが、全然嬉しいものじゃない。

少年と二人で支えて、ようやく安定した。文句の一つでも言ってやろうと顔を傾けると、少年はポリ袋越しに顔を向けた。

まさかの笑顔だった。

「やっぱりすごく重たいよね。ごめん、一人じゃ辛《つら》そうだけど、二人なら運べそうだよ」

「……」

「どうしたの？　……えーっと、これどこに運んだら……」

「今、貧乏なサンタみてーな恰好《かっこう》だぞ、お前」

「えっ！　ひ、酷《ひど》くない……？」

気づくと那由汰は笑ってしまっていた。

なんせ、助けるつもりもないのに助けてしまった奴が、頼んでもいないのにお返しにきて、結局また那由汰が助けている。そのくせ、なんか偉そうに「僕が来たからもう安心」という顔で笑顔を向けるのだ。可笑《おか》しくって仕方ない。

「やるからにはしっかり運べよ、貧乏サンタ」

「び、貧乏サンタって……僕、闇堂《あんどう》四季っていうんだけど」

「気が向いたら覚えててやるよ。スラムの中まで行く。でもお前がカツアゲされたら、その時は俺だけ逃げるからな」

「あの、君のことは何て呼べば」

「那由汰。たぶん、もう会わねーから覚えなくていい」

そういうことで、二人は大きなポリ袋を一緒に担いでいくことになった。それは貧乏サンタクロースというよりは、間抜けな泥棒の逃亡のようだった。

Paradox Live
Hidden Track
"MEMORY"

「ひぃ……ひぃー……」

「おまっ……体力なさすぎだろ……よく手伝うとか言えたな……」

「那由汰くんこそ、息切れしてるし……」

「うっせー……俺はもっと、頭使って運ぶ気だったん、だよっ……」

なんせ病弱な那由汰と貧弱な四季の組み合わせは、力を合わせたって弱かった。双子のねぐらまでまだ十分は歩くというところで、二人してバテて腰《こし》を下ろした。

「今、さっきの奴に襲われたら逃げられねーな……」

「……そ、その時は僕が、那由汰くんのこと助けるから」

「バカか？　脳みそ腐ってんのか？　お前やられてたじゃん」

「そ、それでも……助けるんだよ、うん」

なんとも頼りない宣言だった。珂波汰の千分の一ほどの頼りがいもない。呆《あき》れるやら笑えてくるやら、けれど不思議と悪い気はしなかった。

そのころの四季というのは本当に普通の少年で、普通過ぎて、スラムの暗闇の中で見るには眩《まぶ》しくて、お人好しすぎた。

学校で習った道徳をそのまま実践してるような愚直さで、けれど那由汰には珍しい人間だった。そういう〝無条件の善意〟のようなものは、双子だけで生きてきた短い人生の中で、本当に初めて出会うものだった。

「シキだっけ」

「うん、春夏秋冬の四季」

「いやそこまで聞いてねーけど。お前さ、街のほうに住んでんだろ？　その服って、学校の制服ってやつだろ」

「ええと、そうだよ。中学生なんだ。たぶん那由汰くんともそんなに離れてない、かな」

「お前、なんでこんなとこ来てんの？」

「……それは……」

「一応手伝ってもらったから言っとく。二度と来んな。お前ドジだし間抜けだしノロマすぎて、カツアゲされるだけなら幸運だ。たぶんそのうち死ぬぜ」

「ひ、酷い言い方だなぁ……」

「事実だろ」

それはまあ、那由汰なりの善意のお返しでもあったし、率直な真実でもあった。四季のようなヌクヌク育った人間が平和に観光できるほど、スラムは優しくない。那由汰と再会するまで無事だったのが奇跡のようなものだ。

だからもし、なんの理由もなしにスラムに来たのなら、それは単なるバカだ。那由汰たちが生きている環境をナメられているのなら、腹立たしさすらある。だから尋ねたし、忠告した。

四季は少しの間、考えるように顔を上げていた。廃墟《はいきょ》のような建物の隙間から覗く、狭い青空を雲が流れている。裏路地からは、太陽は直接見えやしない。

少しして、四季はぽつりと話し始めた。

「お父さんの形見がね、怖い人に取られちゃって」

「オトウサン?」

那由汰は目を丸くした。それは那由汰にとって、まったく知らない存在だった。

「うん。このくらいの……小さなロザリオなんだけどね。お守りにしてたんだけど、目立つのがいけなかったのかな……ロザリオを持って行った人、スラムのほうに帰ったんだ。別にオシャレなアクセサリーってわけでもないから、どこかに売られてたりしないかな、ってさ」

「父さんの形見が、そんなに大事なのか？」

「うん。家族の思い出だから」

「ふーん、そっか。お前の父さんが居ねーのは分かったよ。母さんは？」

無意識に質問していた。那由汰は口に出してから、自分がそんなことに興味を抱いた事実に驚いた。四季は一瞬、困ったような笑みを浮かべた。

「お母さんも死んじゃったんだ。交通事故……二人とも、僕を守って……」

「……子供を守って？」

命がけで子供を守る親なんて、おとぎ話より信じられなかった。珂波汰が今になったって信じているサンタクロースのほうが、まだ現実味があった。

那由汰にとって、母は憎しみの対象だ。父に至っては顔も知らないし、幼いころから存在しなかった概念だ。けれど家族が大切なのは、わかる。

もし――珂波汰が死んだら、想像もできないくらい、那由汰は苦しむだろう。そしてもし、その形見が盗まれたら……きっと那由汰だって同じことをする。

「……今は一人か。兄貴は居ないのか？」

「お兄さんは居ないよ。一人っ子なんだ」

それは、那由汰には途方もなく悲しい告白に聞こえた。両親が居なくて、兄弟も居ないなんて、想像するだけで絶望だ。けれど四季は、明るく笑って見せた。

「でも、僕は幸運だったんだ。施設に入れてもらって、そこから学校に通ってる」

「は？　シセツかよ。俺もいたけど、クソだろあそこ」

「……すごく良いとは言わないよ。でもご飯はくれるし、学校にも行かせてくれる。だから さ、助けてもらったら助けたいんだよ。……ずっと助けてもらってきた、命だから」

那由汰は、四季という少年に対して、同じようで違う人間だと思った。同時に、違うようで同じ境遇だとも思った。

那由汰はその時まで、世界には珂波汰と自分、それ以外の区分けしかないと思っていた。

自分たちという内側と、外側。その二種類。

でもこの世界には、自分たち以外にも、父を失い、母を失い、施設に入って……でも、まったく違う人生を歩んでいる奴がいるらしい。

ポリ袋を持ち上げながら、那由汰は色々なことを考えていた。

子供を守る親のこと。兄弟の居ない孤児のこと。施設の中で生き続けること。他人との関わり。

――助けたいんだよ。ずっと助けてもらってきた命だから。

四季の言葉が、頭の中で巡った。ぽつぽつと考えながら、二人組の情けないサンタクロースは、スラムの道をよたよたと歩いていった。

「お帰り、珂波汰」

「ただいま」

結局、珂波汰の帰りは夜になったので、那由汰は先にねぐらで待つ形になった。

お土産《みやげ》ということで、珂波汰はハンバーガーショップの紙袋を携えていた。開けてみると、大きなバンズにパティが二重に挟まった、ちょっと豪勢なやつだった。

「すっげ、ごちそう」

喜びながらも、那由汰は「どうしてこんな贅沢《ぜいたく》」と言いたい気持ちがあった。

別に二人とも倹約家というわけでは無い。那由汰は特に洋服で金を使うが、珂波汰だってトラックメイク用の機材やレコードには金を使う。だから、押し入れの中にある貯金箱代わりの空き缶は、いつだって軽いはずだ。

それが近頃、別になんでもない出費が多いというか——生活水準が上がったのは、確かなことだった。

やっぱり、珂波汰もバイトでもしてるんだろうか。

そういう疑問を尋ねるタイミングを、那由汰はずいぶん前に逃していた。聞けば、自分の隠し事も話さなければならなくなる気がして。

「そういやさ。今日、あいつ見かけたよ。昨晩のヘボラッパー」

だから那由汰は、自分の外出に関する話題を振ってしまったのだが、それがどうも珂波汰を心配させてしまったらしい。

「……何もされなかったか？」

「いや、油断してたから仕返ししてやった。後ろから股間に蹴り入れて――」

「……勝手にバカやってんじゃねえよ！」

急に抱きしめられて、那由汰は一瞬困惑した。

けれど、珂波汰の腕《うで》が、肩が、小刻みに震えていたので「ああ、心配をかけちまった」とすぐに気が付いた。悪いことをしたと思った。那由汰にしてみれば、珂波汰が一人で何かコソコソしているのは承知していて、それがたぶん自分たちの生活を助けていることも理解していて……思い返すと、母とも呼べない女の元でも、施設でも、ずっと、珂波汰が守ってくれていたことをわかっていた。あの家畜小屋みたいな施設からだって、一人で逃げ出すなんてできなかった。珂波汰が手を引いてくれなければ。

だからちょっとくらい、自分だけでやってやりたかったのだ。それが、こんなに心配させるとは思っていなくて、やっぱり自分は弟で、甘ちゃんなのかもしれないと思った。

「ごめんな、珂波汰……もうしない」

「……絶対だぞ。俺がいないところで、危ないことするな」

「うん」

「俺には、那由汰しかいないんだ」

「うん。ごめん」

——俺には那由汰が居ればいい、とは何度も言われた。那由汰も珂波汰が居ればそれでいいと思った。でも「那由汰しかいない」というのは、悲しい響きに聞こえた。

この分だと、もう一人出会った〝変な奴〟の話は、内緒にしておくべきかな、と思った。

そういう調子で、那由汰の隠し事は、ひとつひとつ増えていった。

Paradox Live
Hidden Track
"MEMORY"

そんなことがあってからも、しばらく双子は穏やかに暮らしていた。

何か、変化のきっかけがあったとすれば、街路樹が葉を落とし始めたころの、ある日の会話だった。

「うお、マジか……！」

急に、珂波汰が素っ頓狂な声を上げた。

敷きっぱなしの布団をソファ代わりに、寝間着にしたヨレヨレのシャツに身を包んだまま、拾ってきたらしい今月号の雑誌を開いていた。音楽雑誌としてもクリエイター向きのディープな物で、作曲論だの、ＤＡＷソフトのレビューだのが載っている。

洗濯物を干していた那由汰は湿った手をエプロンで拭いて、珂波汰の背後から雑誌を覗きこんだ。

「どうしたんだよ珂波汰」

「これだよこれ」

指さした先を視線で追えば、黒いボディに妙にカラフルなキーのついた、ゲーム機のような物が載っている。

「これって、サンプラー？」

「そうだよ、デカいレコード会社も使ってるような本格的なメーカーのやつ！」

「へー、パソコン無しで使えんだ。高いんじゃねーの？」

「前はもっと高かったんだよ。でも今回は高《たけ》ぇモデルの機能抜きだして、ちっこくしたヤツなんだ。元の半額になったのにできることが多いんだ」

那由汰はボロのエプロンを脱ぎながら、雑誌を覗きこもうともっと近くへ寄った。確かにプロシーンのステージにも堪《た》えうるような音が作れる、それだけの機能が揃《そろ》っているように見える。

「……それでも高いな」

那由汰は珂波汰の背に寄り添いながら、正直な感想を述べた。半額になったと言っても、やはり高い。桁を数えると片手で足りない。それは二人の生活においては、絶対に出てこない価格帯だ。

おぶさる様に首に腕を回すと、珂波汰はその手を優しく撫《な》でた。

「高いよなあ」

その諦めまじりの声音が、鼓膜《こまく》にへばりつくようだった。

二人の出費を切り詰めて、貯金をして、一年か二年か……その間に値段が下がるにしても、簡単じゃない。そもそもギリギリで生活しているのだ。一年後にこのねぐらに住んでいられるかだって、保証なんかなかった。

けれど、買えば珂波汰は使いこなすだろう。

実のところ、珂波汰は頭がいい。勉強はしないけど、生きていくために必要なことや、HIPHOPに関しての知識とか、技術の呑《の》みこみは早い。

中古品の鉄くずみたいなサンプラーや、ありもののトラックなんかじゃなくて、本気で音楽を追求するための高性能な機材があれば、珂波汰はもっと存分に才能を発揮できる。

何より――ラップしている時の珂波汰は、本当に楽しそうだから。

「……欲しいよな、珂波汰」

「まあ、正直言えば。でもやっぱ今すぐってのは厳しいな。ラーメン何杯分だよ、って」

「……だよな」

「サンタクロースでも来てくれれば良いんだけど、来た事ないよな。やっぱ俺、良い子とは言えねーからなぁ……」

考えるより先に、那由汰は珂波汰を後ろから抱きしめていた。

珂波汰の背に胸を強く押し当てた。そして、珂波汰の胸の左側を、包むように掌を添えたら、心臓《しんぞう》の鼓動が響いてきた。同じリズムだった。

「……あ、はっ……なんだよ。くすぐったい」

じゃれつく弟に、珂波汰が笑う。

同じ背丈で重なった体の、同じ位置にある鼓動が、ステレオスピーカーみたいに二つ、同じビートを刻んでいる。

双子。同じ遺伝子を二人で分け合った、一つの命。そういうものだと確かめる。

ずっと分け合ってきたつもりだ。血も肉も涙も、幸も不幸も愛情も。きっと同じ細胞と一緒に、命も運命も分け合った、生まれる前からずっとずっと。

同じなのに、たぶん、珂波汰のほうが那由汰を助けていた。ほんの少し遅く生まれて、ただ〝弟〟だからというだけで、きっとずっと那由汰が助けられていた。同じ血が流れている、とくん、とくん、という音を重ねていると、それをもっと強く感じた。

——助けたいんだよ。助けてもらってきた命だから。

四季の言葉を思い出す。思い出したところで、今まで珂波汰に助けてもらったことの全てを返していけるとは思わない。

でもやっと見つけた、HIPHOPという〝好きなもの〟くらい、珂波汰には我慢してもらいたくない。

——俺、たぶん頑張れば、もっと稼げるんだよな。

そういう思いはいつしか、那由汰の胸の中で、強く育ち始めていた。

Paradox Live
Hidden Track
"MEMORY"

少しずつ、街が秋の風に包まれ始めていた。

サンプラーのことがあってから、珂波汰はいっそう一人で出かけることが多くなっていた。稼ぎを急いでいることは、明白だった。

そういうことで、珂波汰と離れる時間が増えるにつれ、那由汰の生活にもいくつかの変化が生まれつつあった。

まず一つは、四季と会うのが増えたことだ。

あれから、またスラムまで来ている四季を見つけて、那由汰が口を酸《す》っぱくして注意して……かと思ったら、たまたま貧血を起こしたところで、本当に四季に助けられてしまった。それからというもの、ずるずると四季との交流が続いていた。

その日も那由汰と四季は、廃墟と廃墟の間にできた隙間のような一角の、放置された廃材を椅子《いす》代わりに話をしていた。

「スゲエじゃん、四季！　このレコード、どこで見つけたんだよ」

「ふふ。この間、那由汰くんが教えてくれたお店にあったんだ」

「マジかよ。……あそこ、安いのはいいけど、ゴミ屋敷みてーだろ」

那由汰とつるむようになってから、四季もだいぶスラム慣れが進んでいた。

さすがにケンカなんてできないが、因縁をつけられないような立ち回りだとか、なるべく人目につかず動けるような路地の歩き方を、那由汰に仕込まれた。元々そういうのは、那由汰が生きていくために覚えた術《すべ》だった。

「でも、宝さがしみたいで楽しかった。クシャミが止まらなかったけど」

「あっはは、だよなー。あそこ汚すぎ。でもあの店に、こんな真っ当なレアものが転がってるとはなぁ」

「良かったら那由汰くん、聴く？　貸すよ」

「良いのかよ、買ったばっかかだろ？」

「あはは……じ、実は、那由汰くんに見せたくて勢いで買っちゃったけど……ほら、僕は施設暮らしでしょ？　レコードプレイヤーが無いの、完全に忘れてて……」

「なんだよそれ。四季ってそういうとこマジ抜けてんだよなぁ」

頭を掻《か》く四季を見ながら、那由汰はケラケラと笑った。

「しょうがねーな、今度ウチのプレイヤーで一緒に聴かせてやんよ。それこそ、あのゴミ屋敷みたいな店で買った、安くて古いポンコツだけどな」

「ありがとう、楽しみだな。……そういえばあのお店、ごちゃごちゃだったけど、そういう音楽用の機材はいっぱいあったね。あの一角だけは専門店みたい」

「店主がラッパー崩れらしいぜ。だから安く済ませたい時は重宝すんだけどなー……大体アンティークだ。安くて、パソコンがなくても使えるようなのは良いけどよ、カタログで見るようなメーカーの最新型ってのは、並んでないよな」

「那由汰くんは最新のが欲しいの？」

「ああ。雑誌で見たやつを探しててさ。プロ御用達《ごようたし》って感じの」

「そっか……確か、那由汰くんもやってるんだもんね、幻影ライブ」

「ま、一応な」

「すごいなあ……流行《はや》ってるのは知ってるけど、僕はああいう怖そうなのは、からっきしだから……」

「稼ぎになるからだよ。今はあちこちのライブハウスで、小さい大会やってる。ガキでもスキルさえあれば賞金狙いに行ける……食っていく手段には丁度良かった」

「でもすごいよ。やろうと思ってできるものじゃないし」

「つっても、俺を引っ張ってやり始めたのは珂波汰だよ。機材なんか弄《いじ》ってるのもそうだし、曲を作るのもそう。双子つっても、そういう才能って珂波汰のほうにあると思ってる」

「だけど、那由汰くんは衣装作ってるんでしょ？」

「……まあ、うん」

「双子って言ったら、お兄さんも同じくらいの背丈でしょ？　こないだ運んだ古着は全部大人用だったから、あれをリメイクするんだとしたらすごいよ。うん、那由汰くんもすごい。お兄さんとは違うかもしれないけど、すごい」

「そんな褒めるんじゃねーよ……ほんと、チョーシ狂うやつ」

悪い気分ではなかった。

そのころの四季は、まだ必要以上に自分を卑下する性格ではなかったが、やっぱり自己評価は高くなくて、でもその分、人を素直に〝すごい〟と言える少年だった。

那由汰の世界には、今まで珂波汰しかいなかった。

ライブハウスで与えられる拍手は気持ちよかったが、それは珂波汰のラップに与えられた物なんじゃないか、という疑問は常にあった。だから、四季の言葉は単純に嬉しかった。

体が弱く、守ってもらっているという意識のある那由汰にとって、他人の承認は本当に本当に、嬉しかった。

「四季はやらねーのかよ、ラップ」

「僕はさっきも言った通り、あの怖そうな世界には入っていけないかな、って……」

「俺は意外といけると思うんだけどな」

「え……な、なんで？」

「四季ってさ、なんか、一回曲聴いたら音外さねーじゃん。ちょっと前にライブハウスの直録り《じかど》音源聴かせたろ？　あれ、鼻歌で再現した時スゲーって思った」

「や、あんなのホント、ちょっと口ずさんだだけで……」

「でもたぶん、あると思うぜ、センス。機会があったらやってみろよ」

「……う、うん。でも一人じゃできないし、僕なんかと一緒にやってくれる人が居たら」

——自分が一緒にやったらどうだろう。

話しながら、那由汰は自問していた。ふわりと、頭の中にビジョンが浮かんだ。珂波汰と那由汰と、四季。珂波汰の作ったトラックで、音感の良い四季がＭＣとして参加して、那由汰が衣装をコーディネートして……。

「……いや、それはダメだ」

「え、何？　那由汰くん何か言った？」

「なんでもねえよ」

やっぱり双子の間に、何かを挟むというのは気持ち悪い気がした。cozmez《コズメズ》は二人じゃなきゃいけないと思った。

珂波汰とじゃなきゃ意味がない。自分と珂波汰じゃなきゃ意味がない。そればっかりは理由を超越した、絶対条件のはずだった。

四季と一緒にいるのは楽しい。けれど、その時点の那由汰は、cozmez 以外の音楽というものを考えることはできなかった。が。

「……なあ四季、少し寄り道していって良いか」

「うん、いいけど……どこへ？」

「ヒミツの場所」

だから、代わりというわけではないが——那由汰は四季を、自分のお気に入りの場所。あの廃ビルへと、案内することにした。ラップはダメでも、四季と共有できるものも、何か欲しいと思ったのかもしれない。

頷く四季を連れて、路地を抜けてから、道とも思えぬ道をたどって一件の廃ビルを目指した。少し階段が崩れている場所もあって、四季はおっかなびっくり那由汰についていったが……屋上へたどり着くと、目を輝かせた。

「わぁ……！」

夕刻のそこは、色とりどりの景色がまじりあう場所だった。

茜色《あかねいろ》から濃紺へとグラデーションする空に、ビーズを散らしたような星が輝き始めていた。頭上を遮るものは何もなく、眼下にはごみごみとした街が広がっていて、ビルが作った歪《いびつ》な地平線の果てに、太陽が沈んでいくところだった。

「なあ、いいだろ。ここの屋上」

そうだね、と応える四季の声音に、那由汰は満足げに笑って見せた。

「俺、こっから見る空が好きなんだ。下にある汚《きたね》ぇもん見なくて済むしよ」

「うん」

「夜もけっこう良いんだ。街の明かりが、フロア一杯客の入ったクラブみたいでさ。俺のお気に入り。…………珂波汰も知らない、秘密の場所」

「えっ……そうなの？」

四季は驚いた様子だった。そのころには、四季は那由汰にとって、珂波汰がどれだけ大切な存在なのか、よく聞かされていた。そんな珂波汰も知らない場所に、自分が来ていいのかという戸惑いが見えて、那由汰はくすりと笑った。

「でも、なんでそんな場所に……珂波汰くんじゃなくて、僕を？」

「……んー。俺さ、今まで珂波汰以外にゆっくり話すやつとか居なかったから。内緒話、できる場所も欲しいなって」

「内緒話？」

首をかしげる四季に、那由汰は少し迷ってから、屋上の柵を背に振り返った。空はすっかり星柄のカーテンを引いたように染まって、太陽は落ちていった。

「何か月かするとクリスマスだろ？　その日、俺たち誕生日なんだよ。でも俺たち、誕生日とかクリスマスとか、そういうの祝う余裕なんかなくてよ。ぶっちゃけ俺にとったら、寒いだけの日なんだよ」

「うん」

四季の相槌《あいづち》は最小限だった。その環境に深く踏みこまないでくれることは、那由汰もありがたかった。

「でもさ、珂波汰って……サンタクロースは、まだ信じてんだよね」

「…………えっ？　ええっ？」

「あは、まあそういう反応になるよな。俺もさ、施設の意地悪なガキがわざわざ教えてこなきゃ、まだ信じてたかもしれねー。でもさ、珂波汰はまだ信じてんだ」

「……そっか」

四季は施設での生活を想像した。自分のいる施設とは、また違う環境だったのだろう。夢をわざわざ壊すような悪意のある場所で、那由汰が夢を失っても、珂波汰はまだ夢を持ち続けている。それがどういうことかを考えた。

「俺さ。今年、サンタクロースになりてーんだ」

言ってから、那由汰は少し恥ずかしくなって、頬を掻いた。言うにしても、もっと何か言葉の表現とかそういうのがあったんじゃないかと思った。

けれど四季は笑わずに、ただ微笑んだ。

「那由汰くんは、お兄さんの夢を守りたいんだね」

その時、四季は那由汰の中にも無かった、最も那由汰が欲しかった言葉をくれたのだ。

「サンキュー、四季」

お礼を言いながら、那由汰は少し、かじかんだ指先をさすった。血の巡りの薄い、白い指先が震えていた。

そのころ、少しの寒さが強く骨身に沁みるようになっていた。それが那由汰に訪れつつあった、もう一つの変化だった。

Paradox Live
Hidden Track
"MEMORY"

「……おいおい、マジか。これ、まるごと音響機器の店かよ」

「うん。この街の専門店だと、ここがかなり大きいと思うよ。エレキギターとか電子楽器とかも扱ってるみたい」

次の日、まるでお返しとばかりに、今度は四季が那由汰に街中《まちなか》を案内していた。

街中の店と言えば、那由汰が利用するのはディスカウントのアパレルショップや古着店、珂波汰と寄るバーガーショップや雷麺亭くらいなもので、そもそも手が出ないと分かっている、新品だらけの楽器店や電気店というのには無縁だった。

ライブハウスのステージ裏で見るような機材まみれの店内を、エスカレーターを使って昇っていくのは、那由汰からするとちょっとしたテーマパーク気分だった。5階あたりまで昇ると大きな売り場があって、メーカー別に展示されたコーナーをいくつか見て回ったところに、それはあった。

「あった！　これだ、珂波汰が欲しがってたやつ！」

「……えっ、これ？」

思わず四季が驚きの声を上げる。それはやはり、四季から見ても明らかに「高い」と言わざるを得ない代物《しろもの》なのだ。

「……やっぱ、四季から見ても高いよな？」

「うん、これはちょっと、僕のお小遣い合わせても……」

「いや、何当然のように四季まで金出そうとしてんだよ」

当然助けようとしてくる四季に呆れながら、那由汰は背筋を伸ばして溜息をついた。けれどそれは諦めの溜息と言うより、覚悟を決めたような表情だった。

「俺だ。俺が珂波汰に返さなきゃいけないんだ」

「でも……これ買えるお金稼ぐのって、そうとう大変じゃない？」

「分かってるよ。でも、四季も言ってたろ」

那由汰は目を細めて四季を見つめ、それから、からりとした明るい顔で笑って見せた。

「助けたいんだよ。今まで助けてもらってきた命だから」

「……那由汰くん」

そのセリフを言われては、四季もそれ以上反論はできなかった。それを分かっていた那由汰は、少しズルいことをしたかな、と思いながら、言葉を続けた。

「大丈夫だって。実は、俺も前からバイトしてんだ。それ、もうちょっとたくさん受けさせてもらうようにしてさ、払いが良くなるように頼んでみるよ」

「え、そうだったの？　那由汰くん、運動は苦手なんじゃ」

「体力いらねーやつだよ。なんかさ、病院みたいなとこで検査に協力する感じ。ファントメタルの反応データ取るんだってさ」

「……それって、治験なんじゃない？」

「そーそー、そんなの」

実のところ——内緒のバイトを行《おこな》っていたのは、珂波汰だけではなかった。

かつて那由汰は、一人で出かけることが増えた珂波汰の跡をつけたことがあった。

結局、珂波汰は見失ってしまったのだが……その際に知り合った人物の紹介で、那由汰もバイトを紹介されたのだ。

それが、アルタートリガー社による、ファントメタルの治験だった。

四季は少し不安になった。治験と言えば、実験段階の製品を実際に投与して、そのデータを取るものだ。普通、那由汰のような成長途上の少年が対象に選ばれることは無いのではないか。

「……それは、やめたほうが良いんじゃないかな。もし、体に影響が出たら……」

「大丈夫だって。つーか、変な影響出るような実験したらよ、それ計画した会社だってヤバいだろ」

「それはそうだけど……。ねえ、やっぱり僕もバイトするよ。そうすればさ……」

「だーかーら、これは俺がやらないとダメなんだって。金を稼ぐってところでは、さすがに四季の手は借りらんねー。大丈夫、無理はしねーよ」

「……分かった、約束だよ。僕は手伝わないけど、絶対、無理だけはしないでよ」

「分かってるって。……その代わりってワケじゃないんだけどよ」

「その代わり?」

「…………また、古着運ぶの手伝ってくれよ。しばらく服に回す金なんかねーから」

「それは……、もちろん。そのくらいは、お安い御用だよ! むしろ手伝いたい!」

那由汰は実感した。四季は優しい。でも、闇雲に守ろうとするのとは違う。それは言葉なくとも通じ合う双子の関係とは、また異なった繋がりだ。

家族じゃない。利害じゃない。ただ一緒にいて、他愛《たわい》もなく話して、同じ空を見上げて、それでなんとなく楽しい。特別な理由なく、そう思える関係。

こういうの、友達って呼ぶのかな。那由汰はそう、ぼんやり考えていた。

そのころ、那由汰はまだ友達という概念に慣れていなくて、まだまだ珂波汰と四季という狭い繋がりしか知らない世界で生きていた。

だから、頼ること、寄りかかることの加減が、少し分からなかった。

その日から、那由汰の治験の報酬は、いっそう高額なものになった。

Paradox Live
Hidden Track
"MEMORY"

時が流れて、季節が巡った。

街路樹はすっかり裸になって、風は乾いて冷たくなった。

那由汰と珂波汰の二人で過ごす時間は、たぶん目に見えて減っていた。そのぶん、那由汰は四季と会う時間も増えていたし、珂波汰は自分のやるべきことに集中していた。おそらく双子にとって、一番〝それぞれの時間〟を過ごした時期が、そこだった。

そして、十二月の二十四日。

雪の降る、寒い日が来た。

その寒気だけで目が覚めてしまいそうな、その早朝。

「――那由汰ぁ！」

目覚ましになったのは、珂波汰の大きな声だった。

「……どうしたんだよ珂波汰ぁ、大声出して」

「ばっか、寝てる場合じゃねーよ！　サンタだよ、サンタ！　来たんだよ、俺たちのところにも！」

「……はあ？」

枕元に目を向けると、ラッピングされた大きな四角い箱が置いてあった。前の日の晩に那由汰が設置した通りだった。

「スゲーじゃん。中身なんなの？」

「待てよ、今開けてみるから」

勢いよくラッピングを剝《は》がそうとして、思いとどまって丁寧に包装紙のテープをめくっていく珂波汰が可愛《かわい》くて、那由汰は思わず笑いをこらえた。宝物を扱うように、慎重に慎重にカラフルな紙を開いていくと、格好つけたパッケージが現れた。

「……マジかよ！　あのサンプラーじゃねーか！」

「え、マジで。スゲーじゃん、高性能なやつだろ」

「スゲーなんてもんじゃねーって！　これでどんだけ本格的な曲が作れるか……マジで？

マジでサンタ来たのか？」

「それ以外考えられないだろ。そんな高いの俺たちじゃ買えねーし、わざわざプレゼントしてくれる物好きなんて……サンタくらいじゃね？」

「マジか……ほんとに来てくれたんだ」

「たぶんさ。珂波汰が頑張ってるから、ちゃんと見ててくれたんだよ」

「いや、俺だけじゃねーよ。きっと那由汰も良い子にしてたからだ」

「……あはは、そっか」

笑いながら、那由汰はごろん、と布団に寝転がった。あんまり珂波汰の喜ぶ様子を眺めていると、笑顔から戻らなくなってしまいかねない。

いや、昨日の夜からずっと我慢していたのだ。四季に手伝って運んでもらって、押し入れの奥の隅に隠しておいた。その間中、珂波汰の喜ぶ顔を想像して、ずっとずっと笑ってしまいそうだった。

「どうしたんだよ那由汰、こんなスゲーことあったのにテンション低いぜ」

「いやいや、ちゃんとアガってるって。朝早ぇーから眠いだけ」

「そうか？　……また具合悪くなったんじゃ」

「ちーがーうっつの。……こんな時間に起きたら、そりゃ眠いだろ。ちょっと二度寝させてくれよ」

それ自体は本音だ。夜中出かけた珂波汰が帰ってきたのを見計らって設置するのは、眠気との勝負だった。まったく、サンタクロースも骨が折れる。本物がいるとしたら大変な仕事だろうな、と那由汰は感心していた。

「そっか。じゃあ、那由汰が起きたら一緒に弄ってみようぜ」

「はいよ」

「……」

「……珂波汰？」

「やべー……」

きょとんとした那由汰が体を起こそうとすると、珂波汰がぎゅっと抱きしめてきた。

「ちょ、どうしたんだよ珂波汰」

「嬉しすぎてどう表現したらいいのか、わかんねーんだって」

「……それで、これかぁ」

笑いながら、那由汰は珂波汰を抱きしめ返した。慣れない喜びが、珂波汰の小さな体の中で行き場をなくして、熱になっている。ばくばく高鳴る鼓動を抑えてやるように腕を回して、ぎゅう、と包みこむ。

「……あれ。那由汰、ちょっと手冷たくね？」

「バカ。珂波汰が布団ひんむいてはしゃいでるからだよ。冬の朝のこのアパート、どんだけ寒いと思ってんだ」

「っとと、そっか。悪い」

それから、冷えた手を温めあうようにまた二人で布団にくるまって、こんなにめでたい朝くらいは、ゆっくり二度寝しようということになった。それまで離れていた分の時間、いっぱい、めいっぱい、お互いの熱を感じていようと思った。

一年に一度やってくる、十二月の二十四日。

それは生まれてからその時までで、きっと一番素敵な冬の日だった。

たとえ、そのために選んだ道が、後戻りのできないものだったとしても——その時の那由汰は心から、良かった、と思っていた。

Paradox Live
Hidden Track
"MEMORY"

「それじゃあ珂波汰くん、喜んでくれたんだ」

クリスマスが過ぎて、乾いた寒風が吹く、あの廃ビルの屋上。那由汰はいつものように四季とそこで会い、サンタの真似事の結果報告をした。

「おお、ばっちりだよ。もう、すっげーはしゃいじゃってさ」

「そっか……良かったね、那由汰くん」

四季もまた、嬉しそうに笑っていた。人の嬉しいという気持ちを、自分のことのように一緒に感じられる。それが四季の温かさだと、那由汰は思った。

「俺さ、今までサンタクロースって、何が楽しくて、雪の降る寒い夜に駆けずり回って、わざわざガキにプレゼント配るのかなって思ってたよ。でもなんか、ちょっと気持ち分かったんだよな」

「意外と天職なのかもね、那由汰くんの」

「やだよ、天職ったってサンタじゃ金になんねーよ」

二人の笑い声が、くすくすと風の中に響いていた。

ふと、風が止《や》んだ時——四季は、ぽつりと尋ねた。

「ねえ、那由汰くん」

「ん?」

「あのバイトのことだけど、まだ続けてるの?」

「ああ、うん」

「……辞めたほうが良いんじゃないかな、もう」

那由汰も、そう言われるような気はしていた。珂波汰にサンプラーを贈るという目的は果たした。けれど、だから辞められるかというと、話は別だった。

そもそも——ステージ衣装代や家賃の足し、洗濯や裁縫にかかる諸々《もろもろ》の出費、押し入れの中の貯金。そういう細かな生活の助けとしては、ずっと使ってきた物だったのだ。

特に治験のペースを上げてからは、いっそう生活は楽になった。珂波汰の稼ぎに手を付けてまで衣装の質を上げる必要もなくなったのだ。

「無理。あのバイト、払いが良いんだ。これ以上、俺のことで珂波汰に迷惑かけたくねーし……」

「でも、きっと珂波汰くんは迷惑だなんて――」

「四季にはさ、珂波汰のことわかんねーだろ。会ったこともないのに」

しぃん、と、静寂が支配した。

言ってはいけないことを、言ってしまった気がして、那由汰は眉を顰《ひそ》めた。けれどもう譲ることのできない思いがあった。

「それじゃなくたって、珂波汰はずっと、俺だけのために生きてきたんだ。サンプラー一つくらいじゃ全然、釣り合わないくらい……ずっとずっと、俺を助けて生きてきたんだ」

「……だから、那由汰くんはこれからずっと、珂波汰くんだけのために生きるの？」

「間違ってるって、言いたいのか？」

「……ううん。そんなこと、僕には言えない」

四季は首を横に振った。でもその瞳にはまだ、澄んだ、まっすぐな光が灯《とも》っていた。

「でも、僕だって助けたいんだ」

「だから、四季に金のことは……」

「お金じゃないよ。それが那由汰くんのプライドだったら、僕は踏みこまない。でも……僕も少しくらい、那由汰くんのために生きてみたいよ」

「……四季」

「だから、本当に、本当に困って、どうしようもなくなった時は僕を頼ってよ。僕は……那由汰くんのこと、友達だって思いたいから」

「……ったく、会った時から変わんねーやつ」

ふん、と那由汰は意地を張るような態度でそっぽを向いて——それから、我慢できなくなったように、くすり、と笑った。

「分かったよ。本当の本当に、どうしようも無くなった時は……四季、お前を呼ぶ」

「……うん！」

「その時はまあ、できる範囲で助けてくれりゃいいや。四季、正直頼りないし」

「えっ、ひ、酷いなあ。……頼りがいがあるとは言えないけど」

「ははっ、悪い。ま、覚えてたら、くらいで頼むわ」

「……約束だよ、那由汰くん」

「おう、約束な。約束」

そんな約束を思い出すのが、あんな瞬間でなければ良かったと思う。

それは、四季とのあんな会話も忘れそうなくらい、穏やかに時が過ぎてからの――とある、何でもない日のこと。

「――あ？」

珂波汰の居ない、夜のアパートの部屋で、それは起こった。

そのころ、全ての変化は緩やかに回っていると思っていて、だから那由汰は薄々と感じながらも、まだまだ自分には時間があると思いこんでいた。

けれど、本当の変化は、急激に訪れるものだった。

ステージ衣装に使おうと思って、買ってきたばかりの服。自分の丈に合わせれば、珂波汰の丈にも合うから、少し裾を詰めようと思って針を取った時だ。

なぜか指先から、ぽろり、と針が落ちてしまった。

人差し指の先に、感覚がないことに気づいた。

そこは以前、治験のバイトの際に使った指だった。何か試作品とかいう、無垢《むく》のシンプルなファントメタル製の指輪をつけたんだったと思う。

爪《つめ》の中を見ると、うっすらと変色していた。血が通わない青ざめた肌《はだ》というよりは、奇妙な鈍色《にびいろ》で——、

「え、あ」

頭の中で、ぱきん、と音がした。

凄《すさ》まじく気持ち悪い自覚症状があった。その音とともに、何か自分の中から〝記憶が欠け落ちた〟ような感覚があった。じんじんと頭が痛んだ。吐き気が襲ってきたが、吐いてしまったらまた何か〝欠ける〟ような気がして、必死にこらえた。自分の中から何がなくなってしまったのか、ぐるぐる頭を巡らせた。でも自分でも分からなかった。たぶん、何かを忘れてしまったような気がしたのだが、何を忘れたのか分からなかった。

一瞬で、決定的に〝自分が欠けた〟ことだけを理解した。

それは想像以上に恐ろしいことだった。もし、自分が自分じゃなくなった時、それを自分では気づけないということが、とてつもない恐怖として襲ってきた。

「あ、ああ……！　あ、やだ、珂波汰。珂波汰っ……」

しばらくのたうち回ってから、何度か深呼吸を繰り返すと、ようやく症状が治まった。

けれど恐ろしいのは――症状が治まっても、〝欠け落ちた何か〟は戻ってこなかったことだ。間違いなく、ぽっかりと何かが失われたままだった。

次に、この発作が来たら、その時、自分は生きていられるのだろうか。

「…………」

落ち着いてきた頭が、様々なことを考えた。たった今、限界を迎えた際に、那由汰は珂波汰を求めた。でも――、

「……珂波汰に見せて、どうすんだよ」

もし自分が逆の立場だったらどうだ。目の前で、自分の片割れが苦しんで、もしかしたら目の前で死んで――いや、最悪なのはそれじゃない。

もし珂波汰の目の前で……自分の中から、珂波汰との記憶が欠けるようなところを見せたら。もし、自分が珂波汰のことを分からなくなったら。もし、自分の体がメタルにまみれて動くこともできなくなったら。

そして、もしそうなった自分が、〝死ぬことすらできなかった〟としたら。

これからの珂波汰の人生に、全て背負わせてしまう。

きっと、HIPHOPなんてやってる場合じゃなくなる。だって、珂波汰は那由汰を見捨てないから。どんなに足手まといになっても、背負い続けて行くと分かっているから。

「……ダメだ。最後の最後まで、珂波汰に背負わせたくない」

冷静な頭ではなかったけれど、それだけはダメだと感じていた。

「そんな、重荷には……なれない」

頭を抱えながら、那由汰は震えていた。耳の奥で、ぱき、ぱき、と微《かす》かに音が鳴るような気がして怖かった。怖くて、怖くて、けれど、やらなければならないことは浮かび始めていた。

でも、怖くて、怖くて。その覚悟を決めるのは、やっぱり怖くて。

だからそんな時に、思い出してしまったのだ。

まだ、最期に縋《すが》れるものがあったことを。

四季との——友達との、約束を。

Paradox Live
Hidden Track
"MEMORY"

「那由汰くん、どうしたの？　急に会いたいだなんて……」

そして、あの夜がやってきた。風の強い夜だった。

急に呼び出したのにも拘《かか》わらず、四季はすぐに、あの廃ビルの屋上へとやってきた。少し息を荒らげながら——たぶん、急いでやってきてくれた。

その時、もう那由汰の頭は、かなり朦朧《もうろう》としていた。

「ごめんな、四季」

謝罪が、最初に口をついて出た。

「どうしても、最期に会っておきたくて」

「──え？」

四季は戸惑った顔をしていた。無理もないと思った。急に言われたって、四季だって困るだろうことは分かっていた。

「あと、前に借りたレコード、返してなかったろ？ ほら、その足元に置いてあるヤツ」

「……それなら、どうして直接、僕に渡さないの？ ……ねえ、どうしてそんなところに立ってるの？ 強い風でも吹いたら、危ないよ」

「吹き飛ばされて落ちそう、だろ？」

「那由汰くん……？」

焦りがあった。急いで、伝えたいことを伝えなければならないと思っていた。

「ごめんな、やっぱ四季の言ったこと、当たってたわ。俺、もうダメなん──」

「那由汰くん！」

肺を破ったような咳《せき》が出た。ああ、畜生。もう少し頑張れよ俺の体。まだ、もう少しだけ時間をくれよ。まだちゃんと言わなきゃいけないことがあるだろ。那由汰はそんな風に、必死に自分の体に言い聞かせた。

「………この腕、見てくれよ」

袖をまくって見せると、四季の目には驚愕《きょうがく》と、怯《おび》えが宿った。無理もない。そのころにはもう、指先から広がった変色は、片腕をまだらに染めるほどに体を侵していた。

「メタルの侵食、もう止められないんだ。あっという間に、こんなに進んじまった。………こんな姿、珂波汰には見せらんねえ。そんなことしたら、今まで以上に迷惑かけちまう――」

四季が何か言っていた。

「だから、終わらそうと思うんだ」

四季が何か言っていた。

「俺、四季と出会えてよかった。楽しかった」

四季が何か言っていた。耳がぐわんぐわんと、雑音しか拾わなかった。

ごめん。ごめん。謝らなければいけないと思った。その時はもう、頭の中ががちゃがちゃして、目の前の景色もぼやけていて、何も聞こえていなかった。

「ありがとな」

違う。お礼じゃない。

謝らなきゃいけないんだろ。

「――ごめん。俺、弱ぇからさ……独りじゃ無理だったんだ。けど、最期はここにするって決めてて……」

薄ぼんやりと滲《にじ》む景色の向こうに、四季の顔が見えていた。

ああ、ごめん。そんな顔をさせたかったわけじゃなかった。もっと言いたいことがたくさんあって、もっと感謝したいことがたくさんあって。

風が、そっと体を押した時には、重力を忘れていた。

「あ――」

空を仰げば、滲んだ視界の向こうで、星がきらきらと煌《きら》めいていた。

「――空が、きれいだ」

良かった、最期に見られた景色が、こんなに綺麗《きれい》で。良かった。珂波汰に背負わせないように、終わらせることができて。良かった、最期に見届けてくれる、友達がいて。

最期くらいは、ちゃんとできた。

苦痛でぼんやりした頭に、そんな満足感が満ちて。重力から解き放たれて、体がビルから空に舞っていく。辛《つら》いもの、苦しいもの、全部置いていくみたいに――。

走馬灯のように過去が見えるのは、本当らしかった。手摺を乗り越えて落ちる短い時間に、ぐるぐる、ぐるぐる、色々なものが巡った。珂波汰のこと。珂波汰のこと。ところどころ虫食いみたいに欠けたけど、珂波汰のことばかり思い出した。

ああ、いいや。

これで終わりでも、最期にまだ、珂波汰の思い出を抱いて逝けるんなら、良い。

「――那由汰くんッ!」

――あ。

脳のどこかの回路が、偶然繋がってしまったようだった。落ちていく瞬間、ぼやけた意識の中で一瞬聞こえた声に、視界が明瞭になった。

四季がいた。

その瞬間まで、四季のそんな表情を見たことは無かった。那由汰にとっての四季は頼りないけれど、決して弱くはなかった。暖かな笑顔をくれる少年だった。

なのに、落ちていく一瞬、目に入った四季の顔は……涙でぐしゃぐしゃだった。

悲痛と、後悔と、絶望が、全て涙になって溢《あふ》れたような顔。

――四季にそんな顔をさせたのは、自分だ。

ビルから落ちる最後の瞬間、那由汰の網膜《もうまく》に焼き付いたのは、綺麗な空でもなく、楽しかった思い出でもなく――自分の行いが引き起こした結果だった。

「――ああ、ああ……」

結局、根っこのところは何も変われていなかった。

助けられるばかりじゃダメだなんて、身の丈に余る無理をして、自分の体を痛めつけて、結局最後は他人に押し付けた。最期の最後まで、人に押し付けた。四季に背負わせた。暖かな笑顔の似合う、その顔を歪《ゆが》めさせた。

四季は、これからどうなる。目の前で見つめた死を背負って生きていくのか。

珂波汰は、これからどうなる。たった一人で、このクソみたいな世界を生きていくのか。

その瞬間に、那由汰はやっと気づいた。

これは、誰一人幸せにできなかった、終わり方だ。

「…………あ。あぁぁぁ……！　畜生…………畜生……っ！」

空が遠のいていく。背中に地面が近づいてくる。

ダメだ。このまま死んじゃダメなんだ。それじゃ、結局、呪いばかり残していく。

謝らないといけないことが、まだたくさんある。

感謝しなきゃいけなかったことが、まだたくさんある。

満足感なんて、とうに消えていた。バチバチ軋《きし》む意識の底から、栓が壊れたように湧いてきた後悔が、頭を満たしていた。

死にたくない。死にたくない。まだ死んじゃダメだったんだ。

ごめん、珂波汰。ごめん、四季。謝らせてくれ。もっと、もっと。ああ、畜生。何も摑めるものがない。落ちていく。自分から全部、命まで、勝手に手放して。

珂波汰。やっぱり俺、いい子じゃなかった。

でも頼む。神でも悪魔でも良い。サンタクロースだって構わない。叶《かな》ったらこれから先の人生、クリスマスプレゼントなんて一つも要らないから。

だから、もう一度。

たった一人の兄弟のために、ちゃんと頑張らせてくれ。

かけがえのない友達のために、ちゃんと謝らせてくれ。

どうか、もう一度――。

Paradox Live
Hidden Track
"MEMORY"

「――そこから先は、話した通り。俺は病院に運ばれて、アルタートリガーの連中に治療された。皮肉な話で、ファントメタルの適合率が高いせいで限界になった俺の体は、その特性のおかげで、手厚く治療されたってわけだ」

長い、長い懺悔だった。

いつの間にか空の色は変わっていて、夜の帳《とばり》がビルの向こうまで降りていた。

冷たい風を、肺一杯に吸いこんで、那由汰は続けた。

「俺が助かった理由があるとすれば………たぶん珂波汰と、四季のおかげだったんだ」

「……でも結局、那由汰くんを助けられなかった。あの時、僕は手を伸ばせなかったんだよ。ごめん、那由汰くん……僕……」

「謝んな！」

那由汰は強く否定し、首を横に振った。

「届いてたんだよ。四季の手は。体じゃなく、心には」

「……え？」

「あの時、四季が呼んでくれたから、俺は最期の最後で〝死にたくない〟ってことに気づけた。その時、確かに……体の中を食い破っていくメタルの毒に、抵抗できたんだ」

「……那由汰くん」

「ありがとう。それと、ごめん」

そうして、那由汰は深く頭を下げた。

シンプルだけれど、悲痛なまでの想《おも》いが籠もった謝罪であることを、四季は感じていた。

友達だったから、伝わった。

「四季を傷つけた。珂波汰を一人にした。どんだけ謝ったら許されるのか、わかんねーけど……俺にできることがあったら、二人とも、なんでも言って欲しい」

「…………」

四季はしばし、そんな那由汰の姿を見つめていた。

ふと、四季の視線が、隣にいる珂波汰の視線と交錯した。その目は、「四季の選択に任せる」と言っているようだった。

やがて、四季は言うべき言葉を決めた。

「じゃあさ……那由汰くん」

「……なんだ？」

「僕、ちゃんとラッパーとして競い合ってみたいな。〝本当の cozmez〟と」

珂波汰も、那由汰も、思わず一瞬〝ぽかん〟とした。

「結局、Paradox Live で競い合ったのは、幻影の那由汰くんが居る cozmez だった。それに、僕も最初のうちは、まだラッパーとしての覚悟ができてなかった。それって、すごく勿体《もったい》ないんじゃないか、って。あと――」

それから、四季はおずおずと笑みを浮かべて、今度はしっかり、手を伸ばした。

「―― The Cat's Whiskers だって、凄《すご》いチームなんだよ。ちゃんと見せたいな、二人そろった cozmez に……ステージに立つ、僕たちを」

そして拳《こぶし》を握る様に、突き出して見せた。

穏やかすぎて――それが挑戦状だと、気づくのに時間がかかった。

珂波汰と那由汰と、二人、顔を見合わせて……先に、珂波汰が笑った。

「っは！　だってよ、那由汰。……お前の友達、良い性格してんじゃん」

　少し遅れて、那由汰も笑った。

「……ったく、マジでな。こいつ、こういう奴だったんだよ。バカみたいに真っすぐで、妙に図太くて」

「でもよ。最初にやりあった時の〝MC名無し《なな》〟より、今のほうが怖ぇな」

「四季はラッパー向いてると思ってた。度胸が伴ったら、なおさら」

「そうだな。そんな奴のいるチームが相手じゃ――今度は〝本当のcozmez〟で迎え撃ってやらねぇと」

「……っは、そういう流れかよ。分かった……今まで寝てたぶん、働けっつーことな！」

　珂波汰と那由汰。

　同じ顔、同じ命を分け合った二人が、拳を突きだし、四季の拳にぶつける。今度はそれぞれが手を伸ばしあい、届いた感触が、確かにあった。

　四季は、胸の高鳴りを感じていた。Paradox Liveが始まった時、cozmezの存在に怯えていた時とは違う、心地よい緊張感。

　その時、四季はついに真のcozmezと……友達としてじゃない、ラッパー同士として向き合っていた。

「那由汰とだから、意味がある。見せてやろうぜ」

「珂波汰とじゃなきゃ、意味ないもんな。見せてやるよ」

二人、四季に拳を合わせたまま。

触れ合った肌から、振動を伝えるように、声を重ねた。

「「――二人でいれば、最強だ」」

夜空には、星が煌めいていた。

いつかの夜よりも、遥かに明るく、力強く――鮮明に、輝いていた。

悪漢奴等
AKYR

Boys
And
Dad.

Paradox Live

Hidden Track "MEMORY"

悪漢奴等
AKYR

青空に白雲の流れる、晴れた日のことだった。

Paradox Live《パラドックスライブ》における賞金、百億円。

それを元手に翠石組《すいせきぐみ》の立て直しを夢見ていた悪漢奴等《あかんやつら》の面々であったが、優勝チームはcozmez《コズメズ》という結果で、一連の騒動は区切りを見た。

しかし「転んでも何かを掴《つか》んで立ち上がれ」が信条の悪漢奴等。Paradox Liveではトップを逃したものの、見事CLUB paradox《クラブパラドックス》を始めとした人工浮島再開発プロジェクトという大きなシノギを掴みとり、翠石組の再建は大きな一歩を踏み出した。

Paradox Live開催中はもちろん、大会の結果が出てからも相変わらず大忙しの悪漢奴等であったが、ようやく少し暇ができ……その日は諸々《もろもろ》の報告も兼ねて、全員で組長の墓参りへとやってきたのだった。

「……ご無沙汰してすまんかったなぁ、オヤジ。とりあえず、やっとええ報告持って来れるようになったさかい、顔見せに来たで」

「このまま努力を続ければ、私たちの翠石組がもう一度立ち上がれるかもしれません、オヤジさん。……ぐすっ……若も本当に頑張ったんですよっ……翠石組の再建だけじゃない、実はその裏でcozmezという前途ある少年たちの行く末まで気を遣っていたんですっ……若は本当に器が大きいっ……私は本当に素晴らしいカシラに出会ったものです……！」

「いや、ええやろその辺は〜。誰に説明しとんねん」

「オヤジさんもそのほうが分かりやすいかと思いまして……」

「なんに向けての配慮や！」

「おぉーい！　水汲《く》んできたぞー！　玲央《れお》！　テメーもバケツ一個くらい持てや！」

「えー、やだよ〜。そういう仕事はおサル向きでしょ〜」

「花も……こんな感じでいいかな」

依織《いおり》と善《ぜん》がさっそく墓前漫才していると、紗月《さつき》と北斎《ほくさい》が水桶《みずおけ》と花を持ってやってきた。一緒に玲央もいるが、当然のように手ぶらであった。

「お〜う、三人ともお疲れさん。……て、北斎？　ようあの予算でこんだけ花買って来れたな〜。こらオヤジも喜ぶわ」

「玲央が花屋さんのお姉さんと握手したら、安くしてくれた。飾り付けもかわいくしてくれたし、良い人だった」

北斎の言葉で、全員が玲央を見る。紗月は特に複雑そうな顔だった。

「てめぇ、ふつー墓に供える花値切るか!?　こんなとこまでチャラつきやがって！」

「え〜？　僕ちょっと分かんない。紗月が美人の店員さんと話すの恥ずかしそうだったたから、代わりに話したらなんか安くしてくれただけだよ？」

「そういうとこだよ！　そういうとこ！」

「あ……ソープフラワーで作ったテディベア入ってる。かわいい」

「墓前の花にテディベアってなんだよ！　センスおかしいんじゃねえか玲央！」

「それは僕のせいじゃないでしょ～。サービスだよサービス」

「あーあーもう、お墓でまでこの子たちは……」

ギャーギャー始めた紗月と玲央に、お母さんめいた態度で仲裁に入っていく善。そしてマイペースに花を飾っていく北斎。まったくいつも通りである。

そんな様子を見て、依織は笑い交じりの溜息《ためいき》をついた。

「ったく、変わらんやっちゃなぁ～お前ら。ほら、落ち着いたらお参りするで」

相変わらず、賑《にぎ》やかに騒ぐ悪漢奴等の面々。お約束のドタバタを終えた後は、しっかり墓前に向き合わねばならない。

しかし、いざ墓を目にすれば、表情の強張《こわば》るものがいた。紗月と、玲央だ。

無理もない。墓参りとは即《すなわ》ち、死を直視する行為に他ならないからだ。

特に、カメラを向けられて発作的なフラッシュバックを起こしてしまうほどのトラウマを抱えている玲央は、墓前に立てるかどうか、事前に依織に心配されていた。

「……お前ら。まだキツかったら、無理せんでもええよ。オヤジも苦い顔させせんのは、本意やないと思う」

依織の言葉に、玲央が頷《うなず》いた。

「ごめん、兄貴。ちゃんと顔見せなきゃ、って思ってたんだけど」

「ええて。ここまで来れたら、オヤジもちゃんとお前らのこと見とる。開《ひら》けたところで、少し風に当たって来るとええ」

「……うん。ごめん、甘えさせてもらうね。僕の分まで、よろしく」

そう言って、玲央は墓前に手を合わせるのを依織たちに任せ、その場から離れた。

ぬるい風が吹いて、玲央の頬《ほお》を撫《な》でる。

まだ受け止め切れないこと、顔を見せにいけないこと、玲央も申し訳なくは思っている。

紗月は玲央についてこない。きっと、頑張って墓前に手を合わせている。

けれど、辛《つら》いことを辛いと認めること、甘えたい時に甘えることが、玲央にとっての、家族への愛だった。翠石組に心から受け入れられた、あの日から。

まだ、翠石組に起きた惨劇とは、まっすぐに向き合えない。けれど逃げ続けるだけでは、あまりに寂しすぎるから。

せめて玲央は、そんな悲しい記憶よりもっとずっと前の……翠石組が、自分の〝家族〟となってくれた日々の記憶に、寄り添っていた。

それは、翠石組に拾われる前の記憶。

誰に助けを求めたのか分からない。

けれど、叫んだその瞬間、颯爽《さっそう》と〝彼〟は現れた。

ガラの悪い男たちに追われ、逃げこんだ路地裏。頼れる者など何もなく、縋《すが》れる家族も最《も》早《はや》居ない。そんな玲央が、追い詰められた最後の最後、思わず叫んだ「助けて」の一言。

届くはずのないその声を聞いて、割って入った男がいた。

見た目以上に大きく見えた背中。優しい声。そして、刃《やいば》のように鋭い眼《め》。

疾風《はやて》の如《ごと》く現れて、嵐の如く大暴れ。そして、玲央を助け出したそのあとは、晴れ間のように微笑《ほほえ》んで見せた。

絶望の闇に射《さ》した、眩《まばゆ》い光。少年にとっての救世主。

それが円山《まるやま》玲央が最初に目にした――翠石依織という〝拠《よ》り所〟の姿だった。

話は、玲央が依織に救われてから、しばらく後のこと。

まだ六月の末、その日は真夏を先取りしたようにやたらと晴れていて、少し早く目覚めた蟬《せみ》の声が、窓の外から響いていた。その当時、十四歳のころの玲央は、翠石組で雑用めいた仕事をしていた。

「……えっと、書類の整理、終わりました」

「おう、お疲れさん。円山はよく働くなぁ。オヤジも頑張るなぁ〜って言ってたぞ」

初老の組員が褒《ほ》め言葉を告げるが、玲央の表情に笑顔はない。

書類棚ひとつ片づけるのに、ずいぶんと時間をかけた。ほんの雑用であるが、猫の手ほどの助けにもなっていないのは、玲央もよく分かっていた。

「あの、他にありませんか……何か……仕事とか……」

「おう、今んとこ特にないな。まー今日はヒマだし、ゆっくりしてな」

「……はい」

そのころの玲央は、現在からは信じられないほどに、過剰に気を遣う少年だった。

翠石組に来る前……玲央には多忙だが優しい母と、多少自堕落だったものの明るい父がいた。

両親の仲には最初からひずみがあったが、それを決定的に壊したのは玲央だった。留守の多い母の愛を確かめたくて、過剰に甘え、わがままを言った。

結果、母は家に帰ってこなくなった。やがて借金を残し、父も帰ってこなくなった。残された玲央だけが、借金取りに追われる日々を送る様になった。

そんな玲央を助けに入ったのが、依織だった。

もうダメだ、と思った時に「ガキ相手にセコい真似《まね》してんじゃねえよ」と颯爽と飛びこんできた依織の神々しさを、玲央はずっと覚えている。

何もかも失い、愛情を信じられなくなった玲央にとって、唯一信じられる存在。

家族の代わりの拠り所。それが、依織という男だった。

しかし……まだそのころの玲央にとって、翠石組は心許せる場所ではなかった。腕《うで》っぷしもない十四の少年にとって、ヤクザという組織でできる仕事は少なかった。

大人に甘え過ぎれば、愛想を尽かされる。かといって、裕福な暮らしをしていた玲央は、不良上がりの若い組員には馴染《なじ》めない。ヤクザという職種であっても、若くして「自分の力で生きて行こう」という生き様には、コンプレックスを刺激された。

だけど、他に行き場はなかった。そのころの玲央は、まだ〝置いてもらっている〟翠石組という場所を守るのに、必死だったのである。

だから、玲央は仕事を作ろうとした。必死に、そこにいる意味を探していた。書類整理が終わった後は、拭いたあとのテーブルをもう一度拭いたり、埃《ほこり》も落ちていない床を掃除したり……とにかく、動いていた。

そういう痛々しい姿が、十四歳のころの玲央の全てだった。

「――おう、お疲れさん」

玲央がとうとう手持ち無沙汰になったころ、依織が外出から帰ってきた。

「あ……依織さん。お疲れ様です」

「ったく、呼ぶ時は兄貴で良いって言っただろ？　玲央も俺もオヤジの子分なら、俺たちは兄弟分。ヤクザってのはそういう組織だ」

「は、はい。兄貴」

そのころの依織は、まだ組長を模した関西弁を喋《しゃべ》っていなかったが、気さくで面倒見のいい性格はそのままで、いつも恵比寿《えびす》さまのようにニコニコしていた。そんな依織の前では、玲央も多少は柔らかい表情を浮かべることができた。

けれど、ふと、玲央は部屋の扉が開いたままであることに気づいた。その視線を感じれば、依織もまた開いたままの扉のほうへ声をかけた。

「そうだ、紹介しねーとな……おう、入りな」

「ウス！」

なんだか、暑苦しい声が聞こえてきた。

見覚えのない、ずいぶんと威勢のいい少年が、扉から姿を現した。依織は少年の肩を抱くようにして、玲央をはじめとした、室内の組員たちに声をかけた。

「オヤジにも話は通してある。今日からウチの組で面倒見ることになった、紗月だ」

「伊藤《いとう》紗月っす！　依織の兄貴の漢気《おとこぎ》に惚《ほ》れて来ました！　世話んなります！」

——うわ暑苦しい。と、玲央は真っ先に拒否感を覚えた。

ただでさえ組の若衆とは折り合いが悪いのに、この上また仲良くできなさそうな人間が増えるのか、と憂鬱になった。と同時に、〝依織に惚れた〟というその動機が、玲央に少しもやもやした物を宿らせていた。

一方、組員たちと言えば
「おーこれまた威勢の良い」「今どき珍しいタイプすね」「依織はガキに好かれるなぁ」「犬猫拾ってくるような感覚で子分増やすわコイツ」「しかし顔に似合わず可愛《かわい》い名前やの」「俺ぁ気に入った。いっちょ立派な男にしてやろうじゃねえか」——……と、割と好評だ。

まあ、玲央が来た時も歓迎ムードだった。この組は基本的に、組員が信頼した相手であれば来るもの拒まぬ組織性らしい。

「押忍《おす》！　俺、ぜってー立派な漢になって見せるんで！　ヨロシクっす！」

まるで空手部にでも入りにきたかのようなテンションの紗月は、組員一人一人にオーバーアクションで頭を下げていくと、玲央の前で一度止まった。

しばし目線がぶつかった後、依織が口を挟んだ。

「おう紗月、こいつは玲央だ。お前より少し前に、俺のツテで組に入った。一応、少しばかり先輩ってことになるな」

「え？　……でも兄貴、こいつ俺より年下じゃん？　兄貴の言うように組員が兄弟同士だったら、一応俺のほうが兄貴分ってことになんのか？」

……実のところ、紗月のセリフは、自分より幼い少年が組に入っていることへの気遣いと、年上なりの責任感であって、ケンカを売る意図は無かった。

だが、ただでさえ「苦手なタイプ」と思っていたところに、ズケズケとした物言い。まして自分よりも新入り。古参の組員ならいざ知らず、玲央が面白くないのは当然だった。

つまり、玲央は〝かちん〟と来てしまった。

「……へー。紗月ちゃんって言うんだ。僕は円山玲央、よろしくね」

「あ？　〝紗月ちゃん〟？」

「ああ、ごめん。かわいい名前だったからつい。女の子かと思って」

「アァ!?　んだテメーコラァ！　ケンカなら買うぞオラァ！」

「……あと、一応僕のほうが先に組に入ってるから。君にとっては僕のほうが兄貴分ってことで。あと、兄貴に助けてもらったのも、僕のほうが先だし」

「はぁ!?　ざっけんなボケぶっ殺すぞ！　テメーが兄貴とかぜってぇ認めねえ！」

「わっはっはっは、さっそく面白《おもしれ》ぇなお前ら」

二人のやりとりを見て大笑いする依織。組員も組員でその様子を微笑《ほほえ》ましそうに見守っている。

唯一、困った顔をして声をかけたのが善だった。

「君たち！　騒ぐエネルギーがあるなら筋トレしなさい筋トレを！　スクワットがおすすめだ！　筋肉量の大きい下半身を追いこめば、たいていのイライラはなくなるぞ！」

「や、それはお前だけだぞ、善」

ちなみにこのころ、善も依織を〝若〟ではなく〝兄貴〟と呼んでいた。

「ちょっと兄貴……！　良いんですか、あの子たちさっそくケンカしてますよ？　多感な時期の子たちなんですから、もっと間に入ってあげたほうが……」

「良いじゃねえか賑やかで。それに、こんな玲央、ちょっと珍しいだろ？」

「た、確かに、いつもの玲央君に比べると肩《かた》の力が抜けているような……」

「だろ？　それより善、オヤジが言ってた、夏祭りの手伝いの仕事、誰に任せるのか、もう決まったか？」

「え、今その話ですか？　それが、皆《みんな》この時期は色々忙しいみたいで……もともと祭りではテキ屋の準備もありますし、CANDY《キャンディ》の運営も忙しい時期に入りますしね。町内会長の頼みとはいえ、〝祭りを盛り上げる出し物何かお願い〟というふわっとした仕事は適任者が……」

「んじゃ、ちょうど良いな」

ぽん、と手を叩《たた》き、依織が一歩前に出た。

そして、野良猫の縄張り争いのようにぎゃーすか言い合っている二人の肩を叩いて、笑顔で言い放った。

「おーし。お前ら、これから二人でコンビ組め」

「「えっ」」

玲央も紗月もほぼ同時に振り向いた。依織は相変わらず笑顔だ。

「今度やる夏祭り、うちの組も手伝うことになってる。これからお前ら二人が、夏祭りの出し物を考える責任者ってことでよろしく」

「「こんな奴《やつ》と!?」」

綺麗《きれい》にハモる紗月と玲央を見て、組員たちは「あ、仲良さそうだなあ、こいつら」という表情を浮かべていた。大真面目《おおまじめ》に心配する、善以外は。

紗月と玲央は明らかに不満そうに、お互いを睨《にら》み合っていたが……依織がそれぞれの肩を叩くと、ハッ、と姿勢を正した。

「今度祭りを手伝うことになってる商店街は、今でこそ寂れちゃいるが、昔っからこの地域を支えてきた老舗《しにせ》ばっかだ。ウチの組もずいぶん世話になってる。そういう義理を人情で返すのが、昔ながらの翠石組のやり方だ。最近下火になってるっつー夏祭りを盛り上げる、心底ワクワクするような面白ぇもんを考えてほしい……これは若いお前らだからこそできることだ。任せたぞ、良いな」

「は、はい!」

憧れの兄貴の組に入り、さっそくの初仕事。「任せた」と言われれば、男なら奮起せずにはいられない。紗月の気合は十分だった。

一方、玲央は——

「…………がんばり、ます」

——仕事だ。兄貴直々に任された、大仕事。失敗できない。自分は普段から組のお荷物のようなものなのだ、もしここで「できない奴だ」と評価されてしまったら……。紗月とは違う、不安から追い詰められていく緊張が、玲央を襲う。

そんな玲央の表情を、依織は目を細めながら見つめていた。

Paradox Live
Hidden Track
"MEMORY"

ヤクザのシノギと言っても色々あって、事務仕事が必要になることも多い。

特に翠石組は、パチンコやキャバクラ等の店舗経営が大きな収益源であった。コミュ力と経営力に長《た》けた依織は若手でありながら、既にそういった事業をいくつか任され、事務所内に専用の机をもらっていた。

その日の善は、胸を張って、キビキビと迷わず依織の机にやってきた。

「兄貴、本当に良かったんですか？」

「あ？　何が」

「あの二人を組ませて数日経《た》ちますが、案の定ケンカばかりですよ」

「あー、その話か。なんだ、そんなに心配か、善」

「心配ですとも！　もともと紗月君にはケンカっ早いところがありますし、玲央君は色々抱えてるでしょう？　ここに来たばかりのころはもっと酷《ひど》かった。少しずつですが、最近ようやく会話してくれるようになってきたところなのに……」

「大丈夫だって。ガタイのわりに心配性だよなぁ、善は……ああいう時期はな、歳《とし》が近くてぎゃーぎゃー言い合える奴がいたほうが良いもんだ」

言いながら、依織は机に並んだ書類の間に、ちょこん、と鎮座する小さな写真立てへ視線を落とす。それに気づくと、善は少し眉《まゆ》を顰《ひそ》めた。

写真には、まだ高校生ほどの若かりし依織が、幼くヤンチャな笑みを浮かべて写っている。そこにはもう一人、依織と同じくらいの年齢の少年……神林甸平《かんばやしようへい》がひねくれた顔で並んでいて、善はそれを見るとほんの少しだけムキになるのだ。

そんな善の様子に気づいて居るのか居ないのか、依織は窓の外へ視線を向けた。

「最近は夏日が続いてたが……今日はたぶん、一雨来るな」

「え？　天気予報では晴れと言っていたようですが」

「分かるようになるんだよ、こういう仕事してるとな。……お前はどうだ、善。傷跡、雨が近いと痛まないか」

「ああ」

言われて気づいたように、善は脇腹を撫でた。

「平気ですとも！　ここ最近は特に、外腹斜筋《がいふくしゃきん》を重点的に構ってやりましたからね！　近頃はサイドベントに加えてロシアンツイストがマイブームで、ビルドアップに伴って代謝も上がったおかげか、傷跡ももう薄くなってきましたよ」

「それで大丈夫になんの、お前だけだろうなぁ」

「仮に傷跡が残ったとしても、この傷は……私にとっては勲章ですよ！」

「まあ、善がそう言うのは知ってるけどよ。……だからこそ、本当に〝家族になる〟ためには決定的なきっかけも必要だって、分かってるんじゃないか？」

「……それは……」

そう言われてしまうと、善も口ごもった。

かつて、善は根っから組の仲間というわけではなかった。

子供のころからまっすぐに育った善は元々ヤクザを毛嫌いしており、警察官という職業に就いていた。翠石組と関わったのも、元はとある事情で翠石組の内情を探るという潜入捜査のためであった。

しかし、嘘《うそ》が壊滅的に下手《へた》な善だ。警察官としての優秀さに対し、潜入捜査官としてはバレバレもいいところであったが、組員たちは善のまっすぐな人柄を愛し、仲間として迎え入れた。善もまた、内部から翠石組の面々の人柄、そして組長の掲げる翠石組なりの正義に触れるうちに絆《ほだ》されて行き……ある抗争の際、善は依織を身を挺《てい》してかばい、銃弾をその身に受けた。

「あの時は驚いたな。警官のお前が、命をかけて俺を守るなんて」

「私はバレバレだったことに驚きましたけどね……」

「バレてなかったと思ったのにも驚きだ。……とにかくよ、中坊くらいのころからヤクザの俺と、元警察官のお前が、今はこうして良い相棒になれてるんだ。玲央と紗月だって、意外と……」

「う、ううううう〰〰〰!」

「あーあーまたそうやって泣く……相変わらず涙腺緩いの、ぜんっぜん直らねぇな」

「兄貴が、兄貴が私のことを、相棒と……神林さんもいたのに私のことを……!」

「お前は元カノを意識する乙女か……」

「ぐすっ、でもですね……やっぱり心配ですよ。上手《うま》く二人が仲良くなれば良いですけど」

「いやあ、俺は相性良いと思うがな。尖《とが》っちまってる紗月には、守るべきもの。ふさぎこんでる玲央には、頼るべきもの。きっと二人は、互いの足りないものを埋め合える」

「でも……玲央君の抱えている心の傷は、特に深い。それに確か、昔、玲央君を襲った連中はまだ……」

「あー……まあ、それは俺も前々から心配してはいた。そこでだ、善……そんなに玲央が気になるなら、お前に一つ仕事を頼みたいんだが……」

「え、私にですか？　……はい。兄貴の言う事であれば、なんなりと！」

Paradox Live
Hidden Track
"MEMORY"

さて、ここまでほとんど登場しなかったが、北斎も既にこのころ、翠石組の事務所に出入りしていた。

といってもヤクザの一員というには微妙な生活で、ふらっと訪れては雑用を手伝って、ふらっとどこかに行っては猫を構って、ふらっと帰って来る。そしてすることがないと、組の近くに居ついた野良猫を構う。そういう生活だった。

若い組員は北斎を見て「実はぬらりひょんなんじゃないか」とか「いや、猫の妖精かもしれん」と噂《うわさ》したりする。一方、古参の大人たちからは、息子《むすこ》扱いされたり孫扱いされたりと、どっちにしろ可愛がられていた。

翠石組の組長たる翠石真悟《しんご》もまた、北斎を可愛がる一人だった。

「おう、北斎。来てたんか。干し芋食うか」

「いただきます。……あ、組長の服かわいい」

「おー、ええやろこれ。今日暑かったんでな、Tシャツ」

「ねこ」

「虎柄や」

こういった翠石と北斎のやりとりは、なんだか緩い日常マンガみたいで、もっぱら組員の癒やしの種となっていた。なので北斎は、組員に歓迎されていた。

その日、事務所にいた組員は概《おおむ》ね、書類仕事にかかっている様子だったので、北斎は干し芋をかじりながらあたりを見回していた。構えそうな野良猫がいないので、ぼんやりと組員の様子を観察する。

そんな時、北斎はふと、隣の部屋から騒がしい声が聞こえてくるのに気づいた。

「……猫がケンカしてる?」

なんとなくそんな気配がして、北斎は隣の部屋を覗《のぞ》きに行った。

玲央と紗月が、春先の猫のケンカくらいの勢いでケンカしていた。

そういえば、二人のことは依織から聞いていた。何か、依織に頼まれた仕事を協力してやっているはずだが、とても協力の意思があるようには見えなかった。北斎はのろのろとした動きで、こっそり部屋に入って行った。

「だーかーらぁ！　祭りっつったらドカンと派手で漢気溢《あふ》れるイベントなんだよ！　真夏の度胸試しバンジーコンテストの何が悪いってんだよ！」

「全部悪い！　けが人出たらどうするのさ！　どうせコンテストやるなら美男美女コンテストのほうがまだ女の子ウケもいいよ」

「ざけんな！　そんなチャラついたイベントできっか！」

「はぁ〜……紗月ちゃんの発想って、いちいちモテなさそうだよね」

「んだとコラァ！　も、も、モテるわ！　モテすぎて若干女子の目がウゼーくらいだわ！」

「じゃあ紗月ちゃん、今まで交際経験ある？　定番のデートコースとかは？」

「ぐっ！　こ、コーサイケーケンだろ？　余裕だっつーの！　デートつったらお前まずアレよ、て、天気のいい公園でな。彼女の作ったサンドイッチを……」

「うわ、嘘でしょ？　紗月ちゃん、乙女っぽいのは名前だけにしといたら？」

「てめぇ〜〜〜〜〜っ！　殺す！　今日という今日はぜってーぶっ殺うわあああ！」

怒った紗月が拳《こぶし》を振りかぶった瞬間、ぬっ、と大きな影——北斎が横から現れて、紗月は思わず裏返った声を上げながら飛び退《の》いてしまった。

「お、おお！　ビビったぁ……なんだこのデケーの！」

「あ、北斎……」

玲央が名前を呼んだことで、紗月は北斎が組の一員であることを察した。このころ、玲央と北斎はまだ、そう交流があったわけでもなかったが、他の組員に比べれば物静かな分、玲央の苦手意識も薄いようだった。

北斎は二人をちらりと見て、ぼそっ、と呟《つぶや》いた。

「組員同士のケンカ、あまりよくない」

「………………ちっ」

何か言い返そうと思ったが、紗月は振り上げた拳をひっこめた。体が大きく威圧感のある北斎は、驚くほど穏やかに話す。まるで森の大樹のようなその雰囲気は、一過性の興奮を冷静にしてしまう何かがある。結局、声を張り上げるような怒りは収めたものの、玲央にイラついているのは変わらない。紗月は口を尖らせながら抗議した。

「だってよぉ、この玲央ってガキ、俺の意見に散々ダメ出しするんだぜ。自分は何も具体的なアイディア出さねぇくせに」

「僕は組の皆に迷惑かけないように慎重に考えてるんだってば！　さっきから紗月ちゃんの考えることって極端だし、真面目にやってほしいのはこっちだよ！」

「この野郎……」

「へ～？　紗月ちゃんは、そうやって反論できないとすぐ怒るんだ」

「なんだとぉ？」

「何さぁ」

「………」

そんな二人のやりとりに北斎は目を細めて、ぼそり、と呟くように口を挟んだ。

「二人は、どうして組に来たの？」

「どうしてって……」

「俺は、兄貴……依織の兄貴に、助けてもらった」

その名前を聞くと、紗月も玲央もはっとしたように北斎を見た。北斎はそのまま、諭すような優しい声で、ぽつぽつと話を続けていく。

「家族がいなかったから、俺はずっと野良猫と遊んでた。……でも、俺が構うせいで、猫をいじめる人が現れて……みんな、俺を怖がるから。……でも兄貴は、怖がらないで俺を助けてくれた。……だから、ここに来るようになった」

その話を聞きながら、玲央は驚いたように目を開いた。

「……北斎がこんなに喋るの、初めて聞いたかも」

一方、紗月は北斎の話を聞いて、深く頷いていた。

「なるほど……実はよ、俺も兄貴に助けてもらったんだ。ダチのケンカに巻きこまれて年少に入っちまってよ……家族とも離れ離れになって、荒れてあちこちでケンカしてたんだ。そしたらヤクザにまでケンカ売っちまって……そこを助けてくれたのが善兄《ぜんにい》と依織の兄貴だ。俺ぁ、あの漢気溢れる背中に憧れて、この組に入ったんだ」

紗月が話し終えると、北斎の視線が玲央に向いた。

自然、紗月の視線も向いたので、玲央は〝そういう流れ〟になってしまっていることに気づき、渋々と自分も話し始めた。

「ぼ……僕も、そう。ママが帰ってこなくなってからウチは荒れちゃって……パパが作った借金のせいで、借金取りに追われて……必死で逃げて、もうダメだ！　ってなった時……兄貴が助けてくれた。行くとこないなら来ないか、って」

「みんな、兄貴に助けてもらった」

北斎は言葉少なめに、それだけ呟いた。

北斎は、自分も含めた翠石組の新顔の多くが、依織の人柄に惹《ひ》かれてやってくることを知っていた。だからこそ、そういう話題を振ったのだ。

ケンカっぱやくツッパった態度の紗月と、周囲に壁を作りつつ紗月への対抗心もある玲央。二人は何もかも水と油だ。

だが、依織という共通点さえあれば――北斎なりに、そう考えた結果だろう。

しばし、がりがりと頭を掻《か》くと、紗月はようやく口を開いた。

「……兄貴から任された仕事だ。失敗するわけにいかねーってことは俺だって分かる」

「僕だって……別に文句ばっかりつけたいわけじゃないし」

玲央もそのように、紗月に答えた。

「……しゃーねえ。なあ玲央、センスはお前のほうがあるんだろ？　なんかねーのか、こう……祭りをガーッ！　と盛り上げる、それでいて翠石組らしいやつ！」

「……えっと、そう言われても」

「なんならミスコンとかでもいいからよ、今度はお前が遠慮なく出してみろよ。〝こういうのがやりたい〟って、もっと具体的なやつ！」

「……」

玲央は言葉に詰まった。そりゃあ、周りを楽しくさせるようなことを考えるのは得意〝だった〟。父に仕込まれた女遊びのテクは、角度を変えれば祭りに若者や女子を集める手段にも使えるかもしれないが、決め手になるとは言えない。

他に何か習ったことと言えば……。

「──はい、ちょいと失礼」

急に気の抜けた声が聞こえてきて、玲央も紗月も北斎も思わず振り向いた。

見れば、翠石が何やら、独特のリズムで歌いながら、部屋の隅から書類を持ち出していた。紗月は思わず姿勢を正し、頭を下げる。

「く、組長！　ちわっす！」

「いや、オヤジでええて。どうもナマステ。すまんな邪魔して。どうぞ話して」

「……だ、ダジャレっすか?」

「ダジャレて。なんや自分、知らんのか。今若い子の間でも流行のやつあるやろー。ウチの元組員からもアレやってる奴おるんやけど、曲聴いてたらそれがうつってもーて、つい真似してまうんや」

翠石は目当ての書類を手にするとニカッと笑みを浮かべ「ほな、またな」と軽い調子で事務所へと戻っていった。まったくもって、ヤクザの組長とは思えない飄々《ひょうひょう》とした態度で、緊張していた紗月も肩透かしを食らったようだった。

「オヤジ、なんか流行《はや》ってるつってたけど……若者の間でダジャレが流行ってるとかあったか? 俺、何年か年少入りしてたから、微妙に今の流行りわかんねーんだけど」

「……」

「……? おいどうしたんだよ、玲央。考えこんじまって。……なんか思いついたか?」

「あ、いや、でも……」

「良いから言ってみろって!」

玲央が目をそらそうとすると、紗月が肩を掴んで強引に自分の方を向かせた。がっしりとした力強い手は、血の気の多さを表すように熱かった。

「どうせ俺はロクなアイディア出せてねえ。どんな内容でも、お前が思いついたこと言わないと先に進めねぇぞ」

「……じゃあ言うけど」

それでもしばし、玲央は逡巡《しゅんじゅん》していた。けれど、これが〝依織に任された仕事〟であることを思い出すと、恐る恐る口を開いた。

「さっきオヤジが口ずさんでたの……ダジャレじゃなくて、ラップじゃないかなって。……もしかしたらだけど、お祭りにも活《い》かせるかも……」

「ラップ?」

「例えば、幻影ライブとかは流行ってるわけで……」

「なるほどぉ!」

その画期的な閃《ひらめ》きに、紗月は思わず玲央の肩を思いっきり叩いた。ものすごく痛かったが、玲央は恨めしそうな目をするだけで済ませた。

「でかしたぜ、玲央! そうだよ幻影ライブだよ! それなら俺だってHIPHOPはラップもダンスも好きだし分かるぜ。もし祭りで幻影ライブがやれたら、めちゃくちゃ盛り上がるじゃねーか!」

「ちょ、早とちりしないでよ! そのままやれるわけないじゃん! ラップはともかく幻影は無理! ファントメタルだって使えないのにさー!」

「そうかぁ? でもよ、お前、今〝ラップはともかく〟つったよな。それって、ラップだけならできるってことだろ」

「それは……パパがHIPHOP好きで、僕も教えられたから。ラップできたら女の子にモテるぞーって……」

「なるほど、オヤジの思い出の音楽ってわけか」

紗月の言葉に、玲央は肩をびくりと震わせた。

言われて少し、怖くなったのだ。これは依織直々に任された、きちんと組を通した仕事になる。そんな仕事の発案に、無意識のうちに玲央は、父の思い出を……〝ただ自分のやりたいこと〟を選んでしまったのではないかと。

「……や、やっぱやめよ、紗月ちゃん。これなんか趣味っていうか、道楽っぽいし」

「はぁ？　いいじゃねえか、道楽上等。〝ワクワクするような楽しいもの〟を考えて来いって言われたんだぜ。俺だってやろうと思えばラップくらいやれるかもしれねーし」

「で、でもさ、紗月ちゃん……今時地方のお祭りで素人《しろうと》がラップだけやって人集まると思う？　幻影ライブが広く人気なのって、ステージが派手だからだよ？」

「じゃあ幻影出せるラッパー呼べばいいじゃん」

「いくらかかるのさ！　タダで参加してくれって言うつもり!?」

「……募集したら一組くらい居ねーかな」

「いーなーい。絶対居ない。紗月ちゃんと公園デートしてくれる女の子くらい居ない」

「てめマジぶっ殺すぞ！」

――そんな会話を隣の部屋で聞きつつ、翠石は「実はアテは居《お》るんやけどなぁ……」とぼんやり考えていた。もちろん元組員である神林のことだが、堅気のラッパーとしてあれこれ苦労した後の神林を組に関わらせて良いものか、そういう遠慮もあって、この場では黙っておくことにした。

あと、単に紗月と玲央のやりとりが面白かったから、ちょっと放っておきたかったというのもあった。

「ともかく！　今時幻影もない素人ラップでお客さんなんか絶対呼べない！　そんなのやったって自分たちが楽しむだけで終わりじゃん！」

「自分たちが楽しくねーと、誰も楽しんでくれねーだろ」

紗月の言葉に、玲央は少しハッとした。そう言えば……かつて玲央がHIPHOPを楽しく聴いていたのは……父が楽しそうに、玲央に聞かせていたからだった。

「それに……玲央が言うように幻影が無理なら、幻影の代わりになんか派手なもん置けば客も集まるかもしれねーじゃん」

「また適当言って……派手なものって何さ。幻影の代わりにお神輿《みこし》でも担ぐつもり？」

「お、良いじゃねーか。それで行こうぜ！」

「でしょ？　さすがにそんなの……えっ？」

「〝幻影神輿〟だよ！　幻影ライブがやれなきゃ、幻影みてーにド派手な神輿を作って担ぎながらラップすりゃいいじゃねーか！　なんなら幻影ライブより目立つかもしんねぇ！」

——そして、数分後。

紗月はコピー用紙にしばらくペンを走らせてから、玲央と北斎に向けて広げた。そこには何やら絵らしきものが描かれていた。

「どうだ玲央、北斎。分かるか？　俺のクールな絵心が」

「干からびて腐ったキュウリの絵？」

「緑のかたつむり」

「竜だろうが！　竜の幻影神輿の設計図！」

「うっそー!?　え、じゃあこのヒビみたいなの鱗《うろこ》なの!?　紗月ちゃんカビ描くの上手だなって思ったのに!?」

「かたつむりのほうが、かわいいと思うけど……」

「うるせぇ！　さんざん好き勝手言いやがって……じゃあオメーらも描いてみろや！」

「えー……」

ペンを受け取った玲央は渋々、別のコピー用紙に神輿の絵を描いていく。紗月はそれを覗きこむと、片目を細めて首を捻《ひね》った。

「……いや、蛾《が》の神輿は、ちょっとマニアックじゃね？」

「どう見ても火の鳥でしょ！　グラフィティっぽくデフォルメしたやつ！」

「こんなふわふわな火の鳥がいるか！」

「紗月ちゃんのキュウリより全然マシだと思うけどー？　……あー、やっぱ無理だよ無理。僕と紗月ちゃんじゃやりたいことにデザイン力が追っつかないよ」

「プロデザイナーとかイラストレーターとか雇えねーかなぁ」

「だからいくらかかるのさ。神輿の材料代だってあるのに」

「くっそ……せめて身近にスッゲー絵の上手いヤクザが居てくれりゃいいのによー！」

「どんなヤクザなのさそれ。彫師《ほりし》とかならいるかもしれないけど」

「彫師かぁ。俺もタトゥーとか入れたかったし、それも有りっちゃ有り……」

「ん？　どうしたの紗月ちゃ……」

ふと、紗月の視線を追って、玲央も顔を向けた。

北斎がコピー用紙にペンを走らせていた。迷いなくすらすらと動くペンは、紗月や玲央の作業と同じことをしているとは、とても思えなかった。

北斎はしばし楽しげに作業に没頭していたが、やがて視線に気づくとペンを置いて、コピー用紙に描かれた絵を二人に見せた。

「虎」

「うっ……上手《うめ》ぇ！」

「うっそ、北斎こんなに絵上手だったの……？」

「実は、けっこう得意」

ふんす、と鼻を鳴らす北斎は、珍しく得意げだ。

「スゲェじゃねーか北斎！　お前が協力してくれれば勝ったも同然だぜ！　俺たちもアイディアは出していくからよ、それを絵でまとめてくれねえか？」

「うん、頑張る」

「でも紗月ちゃん、デザインはできてもそれをどうやって形にするの？」

「あ？　デザインができたら後は作るだけじゃねえか」

「……いや、無理。無理でしょ。木材とか、技術とか」

「ああ？　さすがに二人じゃ無理かもしれねえけどよ、きちんと設計して、あとは力自慢の兄貴たちに手伝ってもらえば――」

「それじゃダメだよ！」

ぴしゃり、と玲央は断言した。

「……これは僕たちが任されたんだもん。だから、ほかの組員の人たちに迷惑かけられない……神輿作りなんて、どれだけ時間と手間がかかるか……」

「……いや、迷惑とは違うんじゃねえの？　それ」

「ただでさえ、僕たち若手だし、新顔だし、ラップやりたいなんて言い出してるのに……どんなものだってやるんだったら、自分たちの手でやらないと、認めてもらえない。結局〝使えない〟やつって思われたら……組に居られるかどうか……」

「玲央、お前……」

紗月を相手にしている時こそ、玲央はのちの悪漢奴等でのような明るさを見せていたが、やはり根っこのところは、常に他人に怯《おび》えていた。普段はケンカしながらも、紗月も薄々は、玲央のそういった危うさに気づいていて、だからこそ一線を越えたケンカには発展しなかったのだ。

しばし考えこんだ紗月だったが、結局は承知したように膝《ひざ》を叩いた。

「っし、まずは俺たちでやれるだけやってみっか！　確か善兄が土木仕事で余った木材を運んでるのを見たから、材料はなんとかなるはずだ！　俺ぁそれを確保してくるから、玲央と北斎はデザイン詰めとけ」

「ちょ、紗月ちゃん！　そんな、とりあえず動いてみたって――」

「とりあえず動かなきゃ始まんねーだろ！」

そう言って、紗月はばたばたと駆け出して行った。玲央はしばしその背中を見送っていたが、やがて北斎に視線を移すと、申し訳なさそうに頭を下げた。

「ごめんね、北斎。結局巻きこんじゃって……」

「ううん。絵描くの好きだから大丈夫。……どんなの描けばいい？　教えて、玲央」

「ええっと……ちょっと待って、実在のお神輿検索してみるから……」

顔を寄せて、スマホを弄《いじ》る玲央と、出てきた画像をラフスケッチに起こしていく北斎。

そんな二人の姿を、扉の隙間から、翠石や善、それに依織。そして何人かの組員たちが、そっと静かに見守っていた。

Paradox Live
Hidden Track
"MEMORY"

「……チクショー、北斎のデザインは完璧なんだけどなぁ」

紗月のぼやきが聞こえる。

翠石組が所有する建築会社。その木材を保管する倉庫の一角にスペースを借り、さっそく神輿作りが始まっていた。

しかし当然と言えば当然だが——作業は困難を極めていた。

何せ紗月たちには未熟な点が多すぎた。ＤＩＹ程度ならまだしも、神輿、それも幻影ライブをモチーフにした派手な大神輿ともなれば、素人の手に余る。

紗月は器用で力もあるが仕上げが武骨で、玲央は丁寧に作業するが仕事が遅い。北斎は意外とそつなくこなすが、口数が少なく連携不足、といった調子だ。

結果として、その場にあったのは神輿というより、木製ジャングルジムの出来損ないのような代物《しろもの》だった。

「……やっぱり無茶なアイディアだったのかな。お神輿作るなんて……」

「まだわかんねーって。祭りまではまだ時間あるし、根性入れて毎日作業していけばできあがるだろ！」

「でも、期間いっぱいかけてできあがっても、もし完成品が変な出来になったら……？」

「だーかーら、そういうのは、やってから考えんだよ！」

不安げな玲央を励ますように、紗月は壁に立てかけられた大きな木材を持ち上げる。木肌の色濃いその木材は、神輿に使えば重厚感のある仕上がりになりそうだ。

ところが持ち上げた瞬間、紗月の両腕には、想像していた以上の重量が襲い掛かった。

「うおっ……！」

「あっ、危ない紗月！」

玲央が悲鳴を上げた時には、北斎はもう駆け出していた。だがどれだけ急いだところで、とても間に合う距離ではない。

哀れ、紗月は木材の下敷き――……かと思いきや、不意に木材が軽くなった。

「あれ……？」

ふと紗月が頭上を見上げると、丸太かと見まごうような逞《たくま》しい両腕が、木材を支えていて……その腕越しに、夏の日差しのように眩《まぶ》しい笑顔が見えた。

「ぜ……善兄！」

「ははっ、ダメだよ紗月君。同じ大きさに見えても、乾燥材に比べて生材《なまざい》はずっと重たいんだ。気を付けて扱わないとね」

重たいんだ、なんて言いつつも、善はそのまま軽々と木材を持ち替えて肩に担いで見せる。玲央や紗月が抱えると大木のようなそれは、善が担げば物干し竿《ざお》と見間違えそうなのだから不思議なものだ。

「なるほど、余った建材を使いたいというから何かと思えば……そういうことか。オリジナルのお神輿なんて素敵じゃあないか！　むっ、このデザインは北斎君が描いたのかい？　これは虎だね！　素晴らしい！　肉食獣のしなやかな筋肉の特徴がよくデザインに落としこまれているよ！」

「お、おう……善兄にも好評みたいで良かったぜ」

「それにこの木材を使った作業、トレーニングタイヤを用いた全身トレーニングに近い効果もあるな！　工夫すればバーベル代わりにもなる！　素晴らしい発想だ！」

「いや、それは全然想定してねーけどな？」

「ちょ、ちょっと、善兄」

慌てて玲央が駆け寄った。

「む、どうしたんだい玲央君。というか、この材料はどこに使うんだい？」

「……あの、どうしてここに？」

「どうしてって、決まっているじゃないか。手伝いにきたんだよ、〝私たち〟みんな」

「私たち、って……」

「――おう、待たせたな！」

響いた声に振り向けば、翠石組の組員たちが、ずらりと集まっていた。

大工仕事に覚えのある者、力自慢の者、手先の器用な者……そして全然それらが得意じゃない者まで、わんさかと居る。

「おうおう、ヒヨッコ共、水臭いじゃねぇか。神輿担いでライブなんて面白そうなこと、若いのだけでやるつもりか？　俺らにも一枚嚙《か》ませねぇか」

鉢巻を巻いた組員がのしのしと歩いてきて、北斎のデザイン画を拾い上げる。

「おう北斎。いい絵だが設計図にしちゃ、ちと説明不足だな。これもとにしてウチのお得意様の建築士に図面引いてもらうが、いいか」

「うん、そのほうがきっと、良いお神輿になる」

「おっしゃ。じゃあ俺らは木材の仕分けと成形からやるぞ」「腕が鳴りやすね、兄貴ぃ」

「近頃は事務仕事ばっかで体動かしてなかったからな」「あっ、塗装は俺に任せてくださいよ、ペンキ屋でバイトしてたんすよ」「板金は任せな。昔取った杵柄《きねづか》ってやつだ」「力だけは負けやしねえぞ。ウチの組で一番の力自慢が誰か決めるとしようや！」「あ、俺ラップもやりたいっす！」「アホ、お前はオヤジの酔いが覚めるくらい音痴じゃねえか」

――……わいわい、がやがやと、あっという間に賑やかになった倉庫内。善も北斎もさっさと作業に加わる中、紗月と玲央は、ぽかん、としていた。

そんな二人の背中を、優しく誰かの手が叩く。

にんまりとした笑みを浮かべて、依織がそこに立っていた。

「あ、兄貴……これ、どういうこと？」

「どういうことも何も、見ての通りだろ。お前らの思いつきが楽しそうだから、みんなワクワクして手伝いに来た。それだけだ」

「……でも、兄貴」

玲央が、不安げに眉を寄せる。

「これじゃ、結局……僕、皆に甘えてばっかりで……」

「玲央。俺はお前らに、どういう仕事を言いつけたんだっけ？」

「……それは……面白い出し物を考えろ、って……」

「そうだ。結果、お前らは見事、組員たちが盛り上がるくらい面白いもんを考えてみせた。

皆があんな楽しそうに仕事してんだ。誰がどう見たって合格点だろ」

依織の手が、玲央と紗月、それぞれの頭に置かれる。そのままくしゃくしゃと、髪《かみ》をかき混ぜるように乱暴に撫でた。

「〝助けたい〟と思わせた奴らには、素直に助けてもらえ。やりたいことがあったら、いくらでも頼っていいし、いくらでも甘えて良い。甘えることも、信頼だ」

玲央も、紗月も、はにかんだような顔で視線を交わした。そうすると、先に紗月が頰を緩めて、笑って見せた。

「……へへっ。だってよ、玲央」

そんな紗月の笑顔に少しの間、戸惑って……それから玲央も、少しだけ、頰を緩めた。

かくして、翠石組による〝お神輿ライブプロジェクト〟は、本格的に始動したのである。

Paradox Live
Hidden Track
"MEMORY"

それから、また十数日の時が経った。

焙《あぶ》るような日差しが包む、夏真っ盛りの日。ホテルから出てきた翠石を、クーラーを効かせた車が出迎えた。日除《ひよ》けに被《かぶ》っていたハットを脱ぎ、扇子《せんす》で顔を扇《あお》ぎながら翠石が乗りこむと、運転席から依織が声をかけた。

「お疲れ様です、オヤジ」

「おう、ご苦労やったの依織。ったく、アルタートリガーさんも律儀なこっちゃ。いちいち会食なんぞ組まんでもええのに」

――この時期、翠石組はアルタートリガー社に出資を行っていた。

資金の用途は、ファントメタルの応用研究。聴覚障碍者《しょうがいしゃ》でも幻影技術を応用してコミュニケーションを行える技術……そういう提案に、翠石は感銘を受けていた。

ともすれば胡散臭《うさんくさ》く思える話だが、アルタートリガーという大会社の看板、そして翠石組にこの事業を説明に訪れた担当者の態度を、翠石は信用したのだ。

翠石は見る目のある男だ。アルタートリガー社が本気で、彼らの信じる理想のために、ファントメタルを役立てようとしていることは分かった。彼らに利益だとか物欲だとか、そういうものへの執着は感じられなかった。

ただ依織だけは、そんなアルタートリガー社の理想論に、疑問を覚えていた。

「お題目は立派なんですがね。俺ぁあんまり好きじゃありませんね、連中のことは」

「お前の心配も理解しとる、依織。俺もええ加減、具体的な研究結果っちゅーのを見せろって話はしてきた。ヤクザの金として裏の経済を回すよりは、生きた金の使い道になるとは思っとるんやけどな……」

翠石は座席に備えられたリモコンで、カーステレオを操作した。ノリのいいHIPHOP

ミュージックが流れ出し、車内を満たす。

「オヤジ、玲央がHIPHOP好きなの知ってたんでしょう?」

「おー、なんせ俺も好きやし、HIPHOP」

実のところ、翠石はもとからHIPHOPに対して明るかった。特に演歌なんかから派生した人情系のナンバーはお気に入りで、運転手を任されている依織は、しょっちゅう車の中でそれを聴かされていた。

後から考えれば……悪漢奴等の誕生には、そういう背景もあったように思う。

「俺は正直、どうもまだ、良さが分からないんですけどねぇ……」

「嘘こけ。お前も作業中とか口ずさんどるやないけ」

「あ、あれはオヤジのが伝染したんです」

「なんなら匋平のラップとか聴いたったらええやん。筋ええぞ、あいつ」

「はー……ほんと面倒見良いですよね、オヤジは」

「人のこと言えるかい。お前の目論見《もくろみ》通り、紗月はすっかり組に馴染んだし、玲央も一時に比べりゃずいぶん素直になったわ。この調子で行きゃ、何も問題ないように見えるわなあ……表面上は」

「……オヤジには敵《かな》いませんねぇ」

「アホ。お前のオヤジやぞ俺は」

翠石がけらけら笑う。つられて、依織も笑った。

「まー、あの嘘や隠し事が苦手な善を上手いこと使《つこ》うてるのは大したもんやけど……なんや、依織。まだあるんやろ？　お前なりの懸念。せやから神輿作りの手伝いって形で、〝お前の右腕〟の善を二人の傍《そば》に置いとる。一番心配しとんのは、玲央か？」

「善の奴は一から十まで企《たくら》みを教えたら不器用なやつですが、一しか知らせなくても全力で働いてくれる。ただ、俺のことを信じて……可愛い奴ですよ、まったく」

「〝子分に甘えることも信頼〟か。……はっ、ほんまに器の大きなやっちゃ。で、オヤジの俺には甘えてくれんのかい。拗《す》ねるぞ」

「ちょっ……勘弁してくださいよオヤジぃ……」

翠石の「拗ねるぞ」という言葉に、依織は弱かった。

実際に拗ねて駄々こねられたりするわけでもないのだが、こうなると、なんというか……子供扱いされるのだ。まだ青かった時分の事を持ち出され、やんちゃしてたころの話を酒の肴《さかな》にされ、めちゃくちゃに構われる。大人の男にはなかなかしんどい責め苦である。

溜息をつきながら、依織はぽつぽつと話し始めた。

「お察しの通り、玲央のことなんですが……実は、あいつの父親が借金を作った連中が、近頃この界隈《かいわい》に戻ってきたらしいんです。それがどうも行儀の悪い連中で……」

「……ほーう？」

「ま、取り越し苦労なら良いんですが……ね」

組員たちの協力を得たことで、夏祭りの準備は順調だった。

玲央と紗月――あと、いつの間にか加えられた北斎がMCを担当し、大人たちが設備を準備する。そういう形で〝お神輿ライブ〟の計画は進んでいった。

翠石組は盛り場の経営で利益を得ている組だ。キャバクラやパチンコ店は勿論《もちろん》、スナックやクラブ経営も行っている。

だから、ステージ設営やライブ企画なんかにも強い組員は多い。お祭り騒ぎに関しては、翠石組はどんな作業であれ得意中の得意なのだ。そんな皆の協力を得たことで、玲央たちはラップの作成に注力することができていた。

「やるからにはMCネームもいるよな！　北斎、お前なんか考えてきたか？」

「風来坊《ふうらいぼう》。最初、兄貴が俺のことそう呼んでたから」

「か、かっけえじゃん。だが俺のMCネームも負けてねーぜ。俺は……〝ガイア〟だ」

「が、がいあ……」

「へへ、意味は知らねーけどカッケー名前だろ！　響きが男らしいしよ！」

「……なんか、紗月ちゃんらしいね」

——でも、それ女神の名前だよね？　とは言わない気遣いが、そのころの玲央にはまだあった。

トラックメイクは和楽器のフリー音源をベースにし、ここでも北斎が才能を見せ、紗月と玲央でリリックを仕上げる。その間に組員たちの神輿作りも順調に続き、夏祭り本番まで二週間というころには、組み上げられた木材は、すっかり神輿らしいシルエットを作っていた。

「っと……そろそろペンキが足りないな」

そんな折、神輿作りを行っていた組員の呟きに、玲央が気づいた。

「あ……じゃあ僕、買ってきます。ラップの練習も一区切りついたので……」

「おう、サンキュー玲央。ゆっくりでいいぞ」

組の出納係から持たされた買い出し用の財布を持って、玲央は近くの塗料店までペンキを買いに出かけていく。このころには、まだ遠慮こそあったものの……玲央なりに組の一員として、明るさを取り戻しつつあった。

準備は順調に進んでいる。

玲央と紗月、北斎のバイブスは想像以上に相性が良く、三人のラップはクオリティ高く仕上がっていた。

神輿も、当初の予定からは想像できないほど立派なものが仕上がっている。あの神輿を担ぎながらラップと共に練り歩けば、きっと人目を惹く。このお祭りは成功する。玲央にもそういう確信が芽生えていた。

……――もしかしたら。

この晴れ渡る夏空を劈《つんざ》くほどのお祭り騒ぎで、玲央のHIPHOPを奏でれば……もしかしたら姿を消してしまった父親にも、届くかもしれない。僕はここで生きているよ、と。

そう、伝わるかもしれない。

そんな希望めいたものが、いつしか玲央の胸中にはあった。翠石組という場所での過ごし方を見つけつつも、そのころの玲央にはまだ……本当の家族への未練も残っていた。心底から甘えても良い、本当の家族。血の繋がり。暖かな実家。まだ過去は玲央にとって優しい思い出のままで、いつか自分が本当に帰るべきはそこだと思っている節があった。

けれど――、

「――お前、円山のガキだろ」

過去は、残酷な形で玲央へと牙《きば》を剝《む》く。

いつの間にか、歩道に寄せて乗りつけられていたワゴン車から、ガラの悪い男が玲央のほうを睨みつけていた。

「やっと見つけたぜ。少しツラ貸してもらおうか」

忘れようはずもない。

それは、玲央の父が金を借りた男たちだった。


「――だからよぉ、いい加減教えてくれねえかなぁ。お前の父親だろ？　居場所くらい知ってんじゃねえのか」

「し、知らな……」

「知らねぇで済むかクソガキ！」

無理やり車で拉致された玲央は、港の廃倉庫に連れこまれていた。

男たちの人数は、五人。大勢というほどでもないが、子供一人誘拐するには大掛かりな人数。見るからにガラが悪いが、依織たち〝ヤクザ者〟と比べると何か違う。

……そう言えば、かつて依織に教えられたことがあった。日本の義理人情が通じるのは、翠石組のような昔気質《かたぎ》のヤクザだけ。世の中にはもっとタチの悪い連中がいる。

それは例えば――大陸系マフィアに与《くみ》する者たち。

実のところ、男たちは本職のマフィアというわけではなく、その末端も末端……小間使いのようなもので、高利貸しと詐欺で食いつなぐハイエナのような連中であったのだが、そこまでは玲央に判断できるものではない。

玲央に分かることは……翠石組で培った裏社会の嗅覚で感じる、〝男たちが危険な大人である〟という実感だけだった。

「……ど、どうして今更、パパを捜してるの？　僕の家、もう一円も財産なんか残ってないよ……！」

「あのな坊主《ぼうず》。お前んちに搾り取れる金がねーことくらい、俺たちも分かってた。だが……昔、お前の父親はこう言って俺たちに交渉したのさ。〝俺はアルタートリガー社のヤバい機密を握ってるんだ。それで儲《もう》けを作る〟ってな」

「……えっ」

――無論、そんなものはハッタリ。玲央の父が苦し紛れに吐《つ》いた嘘八百だ。アルタートリガーという大企業の存在は知っていても、そもそも知られて不味《まず》い機密があるかどうかも、玲央の父は分かっていなかった。

だが……なんの偶然か、その嘘は部分的に、真実を突いていた。

「俺らも正直、信じちゃ居なかったさ。ところが、お前が拾われたのが翠石組だと分かると話が変わった。……あの組はアルタートリガーと懇意にしてるらしいじゃねえか。すると、こりゃ〝ひょっとするんじゃねえか〟ってな」

「あっ……！」

「正直俺らにとっちゃ、アルタートリガー社が後ろ暗いことをしていようと興味はねえ。だが、ファントメタルって奴が莫大《ばくだい》な金を生むこの時代……その市場をごっそり頂きてぇと思ってる連中は居るもんでなぁ。あの会社に何か綻びはねーかと探り出した」

「じゃ、じゃあ……」

「そういうことだ。どうも最近、俺らみたいな木っ端組織のシノギは旨《うま》くない。だが……お前の父親を手土産《てみやげ》にすりゃ、俺たちは大きな組織に取り入れるかもしれねぇ」

全ての偶然が、不運な重なりを見せていた。

父のハッタリ、翠石組、そして――アルタートリガーという会社。冷静に考えれば飛躍した発想でも、それが金に繋《つな》がるかもしれないと思えば、人はそこに幻想を見る。

「なあ坊主、お前が父親の居場所を吐きゃ、それで良いんだ」

無茶苦茶だ。知らないものを吐けるわけもない。玲央は首を横に振った。

「やれやれ、意外と面倒くせえな……じゃあ翠石の運転手、依織だったか？　上手いこと言って奴だけを呼び出すんでもいい。翠石のお気に入りなら、何か知ってるかもしれねえ」

いつの間に奪われたのか、男は玲央のスマートフォンを手にし、それを差し出していた。

画面には、〝兄貴〟とだけ書かれた連絡先が表示されている。

「……兄貴を？」

男の言う通り、依織を呼び出せば……連絡の際に、上手く男たちにばれないように助けを求められれば、この状況から脱せるかもしれない。そうでなくても依織なら、上手く事情を酌んで、玲央を助けに来てくれるかもしれない。

けれど、玲央はスマートフォンを受けとらなかった。できなかった。

玲央の思いつきに、翠石組の皆が付き合ってくれている。神輿、ライブ、ステージ。言うほど簡単なことではない。それでもみんなが助けてくれて、ようやく形になってきた。

そんな折に一人でおつかいを買って出て……迂闊《うかつ》にも、誘拐されている。

これ以上、依織にも、組にも、迷惑はかけられない。

そんな意地が、玲央に涙を我慢させ、その首を横に振らせた。

「……ったく、多少は物分かりが良くなってるかと思ったが……仕方ねえか。おい」

リーダーらしき男の指示で、子分たちが玲央の両手を押さえつける。玲央の細腕では藻《も》掻《が》いてみたところで、微塵《みじん》も抵抗になりはしない。

「な、何するんだよっ……」

「爪《つめ》の二、三枚でも剝《は》いでやれば、素直になるかと思ってな」

「ひっ……！」

思わず上げそうになった悲鳴を、玲央は必死に嚙み殺した。

ペンチを持った男が、玲央に近づいてくる。ヤクザの中で過ごしていたからこそ想像できる、冗談やハッタリではないであろう拷問の痛みをイメージしてしまう。

「や、やめてよっ……こんなことしたって、僕は、何も……！」

指先に、固い感触が触れた。

どこで調達してきたのか、錆《さ》び付いたザラザラとした金属の質感が、生々しい恐怖を煽《あお》る。それでも玲央は、ぎゅっと目を固く瞑《つむ》り、唇《くちびる》を噛みしめて、悲鳴だけは押し殺した。

「僕はもう……組の皆に、迷惑は……っ」

「ふん、根性だけはそれなりか」

笑いながら、男がペンチに力をかける。

「諦めんなら早いほうがいいぞ。今回ばかりは〝あの時〟みてーに、運よく誰かが通りすがるってこともねーだろうからな」

その言葉は、玲央にとって致命的だった。

必死に決めた覚悟を突き崩すような一言。人間、絶望に直面しているだけなら諦めも覚悟もできるものだ。しかし、男の言葉は玲央の胸深くに眠るものを揺さぶってしまう。

玲央にとっての、〝希望〟のフラッシュバック。

痛みが襲う直前に、玲央は、思い出してしまった。依織に救われた、あの日の記憶。

けれど、それは残酷な記憶だ。もう助けはこない。玲央自身が拒んだ。拒んだのに、瞼《まぶた》の裏には、あの日の〝希望〟が焼き付いている。

「恨むなら、薄情な家族を恨めよ」

「っう……！　やだ、いやだぁっ……」

家族。

確かに、玲央の家族は薄情かもしれない。玲央を置いて出て行った母。借金や面倒の種を作るだけ作って蒸発した父。

けれど、〝家族〟という言葉を耳にして、その瞬間の玲央が思い浮かべたものは……。

気づけば玲央は無意識に、叫んでいた。

「助けて、誰か……助けてっ……——兄貴ぃっ！」

その声と同時に、ペンチが玲央の爪を摑もうとした時——

「——おおおおおおおおおおおおおおおおお、らぁっ！」

廃倉庫の窓を蹴破って、人影が飛びこんできた。

男たちが気を取られている隙に、その人影は疾風のような勢いで、ペンチを持っていた男を蹴り飛ばし、玲央を守るように立ちはだかった。

窓から射しこむ光に照らされたその姿は……玲央にとって、懐かしい光景を思い起こさせた。

そう、それはかつて、玲央を絶望の淵《ふち》から救い出してくれた――……。

「あ……兄貴……?」

では、なかった。

「おう、玲央。おつかいにしちゃ、時間かかったな」

「……さ、紗月ちゃん!?」

埃まみれの廃倉庫。浮かび上がる光の中に、燃える太陽のような髪が揺れる。

怒っている。誰に? 無論、それは〝家族〟を傷つけた、世間知らずのチンピラ共相手にだ。牙を剝くように獰猛《どうもう》な紗月の表情は、玲央にだけは、優し気な笑みにも見える。

男たちは一瞬、狼狽《うろた》えこそしたものの、乱入者が玲央とさほども離れていない少年だと分かれば、すぐに落ち着きを取りもどした。

「なんだこのガキ、ナメやがって……ガキが二人に増えたからなんだってんだ!」

男たちのうち二人が、懐から拳銃を抜こうとした。

しかし、叶《かな》わなかった。いつの間にか倉庫の中には、もう二つの大きな人影があった。

「――いいや。生憎《あいにく》だが、二人だけじゃない」

「俺たちも居る。……玲央を、助ける」

男たちが驚く間もなく、善の逞しい腕が、北斎の大きな体が、彼らを抑えこんだ。紗月のド派手な登場で気をひかせ、倉庫の闇に紛れ狩りをするような、スムーズな制圧戦だった。

「こ、こいつら、いったいどこから……」

リーダー格の男が狼狽えていると、倉庫の扉が大きく開かれた。その光景を見て、男は顔をひきつらせた。まさか、下っ端の子供一人攫《さら》っただけで、夢にも思わぬ事態だった。

十人、二十人……いや、そんなもので済む人数ではない。

翠石組のあらゆる組員たちが、ずらりと並んでいた。普段の気さくでお祭り好きな連中の顔ではない。眉間《みけん》を強張らせ、仁義なき外道に憤る、極道たちの姿。

もちろん……その中に、依織の姿もあった。

「おう、兄さんたち。案の定、この辺りでのシノギには慣れてなかったらしいな。往来で誘拐なんぞカマしたら一発で足がつく。ウチの末っ子の傍には、いつも頼もしーい保護者をつけてたもんでな」

ふん、と善が力こぶを作って見せる。

「しっかり頭数を揃《そろ》えて挨拶しに行こうと言ったのに、紗月君が真っ先に走って行ったのは、少々焦りましたがね！　北斎君と私が追いつけて良かった！」

玲央は思わず紗月に視線を向けた。

ややバツが悪そうに顔を背ける紗月を見て、玲央は自分でも分からぬうちに、目の端に涙を浮かべていた。

そんな玲央の頭に、優しい掌《てのひら》が置かれる。見上げれば、依織がいた。

「あ、兄貴……ごめん、僕……」

「ああ？　謝ることなんかなんもねーだろ」

「僕、結局心配されてて……助けてもらって……一人で何とかしようとしたのに、最後、結局兄貴のこと呼んじゃって……結局、兄貴に甘えて……」

「バカ野郎」

くしゃくしゃと、依織が玲央の頭を撫でる。

「助けなんかいくらでも呼んだらいい。甘えたきゃ好きなだけ甘えりゃいい。これだけ大勢の人間が玲央を助けたがってる。俺も、善も、紗月も、北斎も、オヤジも……組の皆も。多くの人が、玲央を愛してる。……俺たちが、玲央の家族なんだ」

そして、にっ……と、快晴の日の太陽のような笑顔で、笑って見せた。

「あ、兄貴っ……兄貴ぃ……！」

泣きじゃくる玲央を抱きしめる。依織はそのまま、玲央に向けていたままの穏やかな笑顔を、玲央を攫った男たちに向けた。

細められた目にだけ、背筋を凍らすような冷たい色が灯《とも》る。

それと同時に、組員たちの人垣を割って、一際威圧感を放つ影が歩み出た。

――翠石だ。

やはり、笑っている。依織にも似た、その恵比寿のような笑顔が、その瞬間は地球上のどんなものより怖い表情であることを、翠石組の組員たちは知っている。

「おう兄さんたち。ちょいとウチの組のこと、ナメ過ぎやったのぉ」

「ひっ……！　ま、待て、待ってください。すみません、金なら払います！　お、俺たちのシノギのルートも明け渡します。どうか、どうか……！」

「金はどうでもええ、また稼げる。物もええ、また買える。せやけどな……家族に手ぇ出されたら、ウチは容赦せん」

ぞろり、翠石組の面々が歩を進める。

玲央を攫った男たちには、理解できぬことだった。面子《めんつ》のためでも、金のためでもない。利益じゃない、利害じゃない。血の繋がった息子でも、昔馴染みの組員でもない、たった一人の少年のために……誰しもが皆、等しく怒っていた。

ただ──自分たちの可愛い子分が、怖い目を見た。

その一点に関して、翠石組という家族は、問答無用の激怒に染まっていた。

「なぁに、兄さんらの親やら親分やらが教えんかったことを、その身に教えこんだるだけや。なぁ、自分ら〝家族は大事にしましょう〟て、習わんかったんか？　人様の家族をいじめたら叱《しか》られるて、習わんかったんか？　そーか、そーか。しゃーないなぁ……」

そして、翠石の笑顔が消えた。

「ほな、ちょいと躾《しつ》けたろか」

夏祭りの当日は、雲一つない快晴だった。

小ぢんまりとした商店街の道に、その日はずいぶんと、大勢の人々が集まってきた。期待であったり、物珍しさであったり、とにかく様々な要因ではあったが――その年の夏祭りは、類を見ない盛大な催しと相成った。

「――いくよ、皆ぁ！」

「「「応っ！」」」

玲央が合図の声を上げれば、ステレオスピーカーから流れる大音量と共に、ライトアップされた神輿が出陣する。

神輿の上には三人の若者。玲央と、紗月と、北斎。そして、善を先頭に法被《はっぴ》姿で神輿を担ぐ男たち。その盛大な様は、まさしく玲央たちが思い描いた〝心底ワクワクするもの〟に相応《ふさわ》しい。

しかし、当初の予定と違っていたのは……ラップを歌うのは三人ではなく、参加した組員たち全員になっていたことだ。パート分けなど何処《どこ》へやら。それはもはやHIPHOPというより、お祭り男たちの大合唱。

そんな様子を眺めながら、法被姿の翠石が、扇子で顔を扇ぎながら苦笑していた。

「あーあー、えらいこっちゃ。もうラップやなくてお囃子《はやし》やないか」

そんな翠石の横で、依織も笑っている。運営本部であれこれ指揮する必要のあった二人は、神輿を外から見守っていた。

「玲央の奴が、〝歌うんならみんな一緒が良い〟って駄々こねまして。結果、ああいう形になったようで」

「はっはっは。ほんに、見違えるような甘ったれになったのぉ。……でもまぁ、前よりはずっとええ。ずーっとええ笑顔で笑っとる」

「ええ、まったく」

あの一件から、玲央は変わった。組員たちに遠慮なく甘えるようになった。

それは、依織だけでなく翠石組という括《くく》りの全てが、玲央の家族であると、ようやく認めてくれたことを意味していた。

「ちぃーと玲央に甘すぎる気がするけどな、連中。いや、あんまりええ笑顔で笑うから、つい甘やかしたくなるのも分かるんやけど……」

「そういうオヤジも、こないだ玲央に高ぁーいゲーム機買ったじゃないですか」

「アホ。お前も玲央にねだられて、経費で事務所のクーラー新調したやろ」

「……まあ、ええ。やっと懐いてくれたようで、つい」

「お前、そういうとこ、ほんっまに俺の息子やなぁ……」

苦笑しながら語りあう、翠石と依織。同じ苗字《みょうじ》を名乗りあう二人もまた、血の繋がりこそ無くても、同じ盃《さかずき》のもとに交わされた、親子という信頼関係を築いている。

血ではない。利害ではない。もっと濃くて透き通ったものが繋いだ関係。それが家族であることを、彼らは誰より分かっていた。

「なあ依織。近いうちに、お前にはもっと立派な肩書を預ける。その時には、お前に懐いとる連中も、全部お前の下に任したるわ」

「良いんですか。常識で考えりゃ、まだまだ若造ですがね、俺も」

「おう、それこそ善に、玲央に、北斎に、紗月。少なくともこのヘンは連れてけよ。一癖二癖ある連中が、特にお前に懐いとる。あれはお前が面倒見とかんとアカン奴らや」

「アカン奴らですか」

「おうよ。行く行くは、お前が連中のオヤジになったれ」

「……そんな歳離れてないんで、言っても〝兄貴〟が良いですね、俺は」

けらけらと、祭りの喧騒《けんそう》の中で、似たような笑い声が響く。そんな二人を神輿の上から見つけたか、玲央たちの声が飛んできた。

「オヤジぃー！　兄貴ぃー！　何暇そうにしてんのさぁー！」

「兄貴たちもやろうぜー！　踊らにゃソンソンって言うだろぉー！」

「楽しいよ、お祭り」

「お二人とも！　お神輿担ぎは意外といい運動になりますよぉー！」

喧喧囂囂《けんけんごうごう》。口々に、思い思いのことを言う子分たち。眉を八の字にしながら、依織が返事する。

「あのなぁ、俺たちは暇なんじゃなくて、仕事があるから……」

「やーだぁー！　兄貴も一緒に歌ってくんなきゃ終われないよー！　せっかく僕たちの考えた楽しいお祭りなんだからさー！」

「あーもう、玲央のやつ、すっかり甘え上手になって……」

「神輿担ぐのなんざ何年ぶりやろなぁ。よーし、いっちょ行ったるか！」

「ちょ、オヤジぃ……ケガはしないでくださいよー……！」

先に鉢巻を巻いて駆け出していく翠石に続き、依織もそのあとをついていく。

やがて、二人の加わった祭囃子《まつりばやし》は一層賑やかさを増して、夏祭りの熱気はどこまでも、どこまでも上がっていった。

何処を向いてもお祭り騒ぎ。誰を見たって満面の笑顔。

子分もオヤジも関係なく、ようやく一つになった翠石組。世間のどんな家族より、きっと一番賑やかな家族。

熱く騒がしい夏の音は、太陽が完全に沈んでも響いていった。いつまでも、どこまでも、まるで永遠に続くお祭りのように。

いつまでも、どこまでも……。

Paradox Live
Hidden Track
"MEMORY"

気が付けば、辺りはずいぶんと静かだった。

高いところを雲が行き、ささやかに風が囁《ささや》くだけだった。

「おーい、玲央ー」

紗月の声が聞こえてきて、玲央は我に返った。歩いているうち、いつの間にか墓地の奥、丘になったところに来ていたらしい。そこで空を眺めているうちに、ずいぶん長い記憶を旅したようだった。

「ったく、どこまで歩いてきてんだよお前。そろそろ帰るぞ」

「……ん、分かった」

「兄貴も言ってたけど、気にすんなよ。オヤジたち、お前に甘かったんだ。墓参りサボったくらいで、誰も叱りゃしねーよ」

「……うん、知ってる」

紗月に連れられて、玲央は丘を降りていく。立ち並ぶ墓石を横目に、玲央はなるべく景色を見ずに歩いた。墓石の数だけ人の死があったことを、玲央はあまり意識したくはなかった。

やがて開けた通路に出て、少し歩いていくと、依織たちが待っていた。遠目に見ても、依織の姿はよくわかる。見た目以上に大きく見える。その傍らで、善が大きく手を振って、北斎が猫をかまっている。

そこへ、紗月が駆けていく。途中、振り返り、玲央を呼ぶ。

「早くしろ、玲央。置いてくぞ」

「あ、うん、待って――」

不意に、祭囃子が聴こえた。

おそらく、どこか、ずいぶんと遠く。風に乗って、賑やかな喧騒の切れ端が、墓地の中まで届いたようだった。

その時、太陽にかかっていた雲が、風に吹かれてちぎれた。

「あっ……」

急に射した陽光が眩しくて、玲央は目を細めた。すると目の前の景色がまるで陽炎《かげろう》のように……。

いや、幻のように、揺らめいて見えた。

「……あ」

そこで、玲央は幻影を見た。

翠石組の皆が、そこにいた。

大工仕事が得意だった彼らが。ペンキを塗るのが得意だった彼らが。力自慢だった彼らが。少し音痴だった彼らが。北斎を、善を、紗月を見守る様に囲んで、その場に立って微笑んでいた。

そして、依織の隣には……〝オヤジ〟が並んで、笑っていた。

その幻影は、瞬《まばた》きの一瞬で、すぐ消えてしまった。消える寸前、彼らは何か呟いた気がした。その唇が言葉の形を描いたように見えたが、声は、何も聞こえなかった。

「どないしたんや、玲央」

「あ、いや……」

首をかしげる依織に、玲央は戸惑った顔を見せる。

「大丈夫か？　なんかキツいようなら、少し休んでも——」

「ううん、大丈夫」

玲央は、首を横に振った。強がりではない。遠慮ではない。

ただ、伝えたい気持ちだった。

「僕らは、大丈夫。たぶん、皆と一緒にいるから」

「……そか。そやな」

何を察したわけでもない。けれど、依織も頷いた。玲央が浮かべていたその笑みが、とても穏やかなものだったから。

「おーし、帰ったら色々忙しゅうなるぞー！　人工浮島開発の件もあるし、CANDYも休みにしてしもとるからなー。あとラップな。新作つくらんと。天下御免の悪漢奴等が、負けたままで終われるかい！」

「おうよ！　cozmezへのリベンジだけはぜってーしないとな！」

「ええ、やってやりましょうとも！　若と一緒に天下を取ると決めたのですから！」

「俺も頑張る。皆と一緒に」

「うん、証明してやらないとね！　僕らが一番ゴキゲンさんなんでしょ、兄貴？」

「おうよ！」

先頭を歩きながら、依織が天へ向けて指を立てる。

「ナンバー何番？」

「「「「ナンバーワン！」」」」

「悪漢奴等！」

「「「「アンダーグラウンド！」」」」

「——ほな、行こか！」

そうして、墓参りにしてはずいぶんと賑やかな一団は、賑やかなままその道を歩いて行った。

まるで永遠に続くお祭り騒ぎのように。

いつまでも、どこまでも……そして、これからも。

Paradox Live
Hidden Track "MEMORY"

初出：Paradox Live Hidden Track "MEMORY"　書き下ろし

2021年9月８日　第1刷発行
2024年2月26日　第2刷発行

監修・協力　avex pictures
株式会社ジークレスト

小説　北國ばらっど

装丁　辻智美（バナナグローブスタジオ）
編集協力　中本良之・株式会社ナート
編集人　千葉佳余
発行者　瓶子吉久
発行所　株式会社　集英社
〒101-8050　東京都千代田区一ツ橋 2-5-10
TEL 03-3230-6297（編集部）
03-3230-6080（読者係）
03-3230-6393（販売部・書店専用）
印刷所　TOPPAN 株式会社

Printed in Japan ISBN978-4-08-703514-8
C0293　検印廃止

JUMP j BOOKS：http://j-books.shueisha.co.jp/

本書のご意見・ご感想はこちらまで！
http://j-books.shueisha.co.jp/enquete/